KB162035

레몬
블루
몰타

레몬 블루 몰타

김우진

행복우물

○ 목차

Ⅲ. 솔직한 신비주의

Ⅳ. 오렌지색의 비밀

추천의 글

여행, 모든 사람에게 꿈이다. 여행의 시작은 여행지에 도착해서부터가 아니다. 가고 싶은 그곳을 정하는 순간 여행은 시작된다. 여행만큼 달콤한 사탕도 없다. 여행을 꿈꾸는 순간, 힘든 현재도 웃음으로 대할 수 있다. 그래서 사탕을 입에 무는 순간 여행은 시작되고, 힘든 현실은 설렘으로 가득 찬다. 코로나의 영향으로 여행의 초침은 멈춘 듯하나 코로나도 여행의 설렘을 막을 수는 없다.

레몬과 블루로 채색된 〈레몬 블루 몰타〉를 읽으며 내 마음속에는 쓰나미가 일기 시작했다. 중세 시대의 레몬 컬러가 지금까지도 머무는 듯한 고대 도시, 사진 속으로 뛰어들고 싶은 '블루 그로토', 영화 '블루 라군'보다 더 새파란 '코미노 섬'의 '블루 라군', 사람의 향기가 물컹거리듯 물씬 묻어나는 '선데이 피시 마켓' 이야기는 답답한 코로나 일상에 강력한 사탕이 되어버렸다.

나는 2016년 8월, 연세대학교 미래교육원의 '여행작가 과정'에서 저자를 만났다. 나의 강의를 듣던 그의 눈동자 속 여행의 열정을 선연하게 기억한다. 그리고 그가 쓴 여행기에서 자신을 여행으로 성장시키고 싶어하던 '간절함'도 기억한다. 이번 〈레몬 블루 몰타〉에는 열정과 간절함이 깊이 녹아든, 여행 작가로서의 고민까지 엿볼 수 있었다. 한 장 한 장 넘기며 나의 마음은 긴장과 설렘의 연속이었다. 그리고 나의 여행은 시작되었다. '몰타, 가고 말테다….'

〈레몬 블루 몰타〉가 얼마나 더 많은 사람을 설레게 할까. 코로나로 지친 잿빛 마음에 일렁일 레몬과 파랑이 무척 기대된다. 언젠가 레몬 빛 가득한 발레타(Valletta)의 성채에서 김우진 작가와 함께 지중해를 바라볼 날이 오기를 기대한다.

최승영, 〈빨리 은퇴하라〉 저자, 'U Brand' 대표

프롤로그

구름 조각 하나 없는 새파란 하늘 아래 건식 사우나 같은 열기 속에서도 나의 발걸음은 중세시대 건물 사이를 익숙하게 오갔다. 노천 카페에 앉아 밥이 아닌 빵 한 조각, 찌개 아닌 커피 한 잔을 마셔도 한 끼가 충분했다. 난생처음 여행한 지중해의 '몰타 공화국(Republic of Malta)'은 나의 전생(前生)을 보낸 곳인가 싶을 정도로 편안했다.

내가 선택한 해외 여행지는 종종 직장 동료들에게 화제가 되곤 했다. 스페인 산티아고 길, 아이슬란드, 스코틀랜드가 잘 알려지지 않았던 시기에 나 '혼자' 여행했기 때문이다. 몰타(Malta) 역시 화제의 중심이었다. 한 번쯤 들어본 듯하면서도 실제로 여행한 한국인은 드문 편이기에, 독거총각 혼자서 왜 몰타로 가는지 그 이유를 궁금해했다.

지중해의 보석이라 불리는 몰타는 제주도의 약 1/6 크기로 몰타(Malta)섬, 코미노(Comino)섬, 고조(Gozo)섬 세 개의 섬으로 이루어진 섬나라다. 약 5천 년 전부터 사람이 살았고 해적의 본거지, 로마의 통치, 아랍과의 전쟁, 몰타 기사단의 활약, 영국 식민지 등 파란만장한 역사를 지니고 있으며 수도인 발레타(Valletta)와 5천 년 전에 지어진 거석(巨石) 신전이 유네스코 세계 문화 유산에 등재되었다. 국토가 좁아서 그런지 고속도로와 철도가 없어 버스와 페리(Ferry)가 유용한 대중교통 수단이며 영국의 영향으로 차량은 좌측통행을 한다. 지중해가 품어 안은 나라인 만큼 각종 해산물 요리가 일품이고 토끼 요리, 전통 과자 파스티찌(Pastizzi), 국민 음료 키니(Kinney) 등 특색 있는 먹거리도 풍부하다.

몰타는 한국의 젊은이들에게 어학 연수지로 관심이 높아지는 나라이기도 하다. 몰타어가 모국어이지만 영어를 공용어로 쓰고 있어, 여행을 하다보면 저절로 영어 연습이 되는 일석이조의 효과를 볼 수 있어서 그렇다.

땅은 좁아도 여행할 곳이 많은 나라 몰타. 한 마디로 솔로 트립(Solo Trip)의 최적지였다. 렌터카를 타지 않아도 이동하기 편리했고, 소매치기 걱정을 한 번도 안 했을 정도로 안전했으며, 어떤 음식을 먹어도 맛있었다. 무엇보다도 빛바랜 중세시대를 담은 유적지의 레몬 빛과 솔직하고 차분한 지중해의 블루 빛은 내게 최고의 행복을 안겨줬다.

비행시간 제외하고 8일간의 짧은 몰타 여행을 마친 지 2년이 지났다. 그동안 코로나 바이러스는 몰타 여행을 다시 할 기회를 빼앗았고 여행하는 일상을 현실이 아닌 미래로 바꾸어 놓았다. 여행하는 일상이 언제 다시 올지 모르는 채 몰타를 추억하는 이유는 한 장의 사진과 몇 줄의 글이 위로가 되기를 바라기 때문이다. 나아가 여행의 일상을 막연하게 기다리기보다는 보다 적극적으로 맞이할 준비를 하면 좋겠다.

'레몬 블루 몰타', 그 어떤 백신보다도

강한 특효약이길 바란다.

1 장.

레몬 빛의 시작

영롱한 바다에 햇살이 반짝이는 몰타의 오후

레트로 첫인상 _ 마노엘 극장

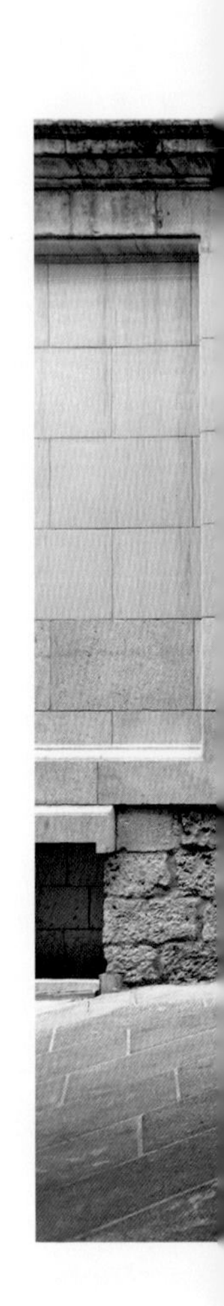

한여름 지중해의 햇살은 여행자의 두 발을 얼음으로 만드는 재주가 있다. 몰타의 수도 발레타(Valletta), 방금 막 도착한 호텔 방에 짐을 던져두고 호기롭게 카메라를 메고 나왔으나 발걸음은 땅에 딱 붙었다. 인정사정 보지 않고 화살처럼 꽂히는 햇살 때문이다. 그렇다고 다시 방으로 들어가기엔 머쓱해서 호텔 직원에게 물었다.

“저… 지금 막 왔는데요, 어디로 가보면 좋을까요?”
그녀는 직접 현관문 밖으로 나를 데리고 나와 방향을 알려준다.

마노엘 극장 입구

"마노엘 극장(Manoel Theatre)'이요. 저기 약국 보이죠? 그쪽으로 2분만 걸어가면 돼요"

딱 2분 후, 나는 마노엘 극장 앞에 섰다. 첫인상이 마치 온화하면서도 중후한 원로 배우 같은 느낌이다. 나는 마노엘 극장이 1731년에 건립된, 유럽에서 가장 오래된 극장 중의 하나라는 것은 알고 있었다. 그러나 그 정보만으로는 멋진 사진을 찍을 수 있을지 없을지 판단할 수 없어서 혹시라도 현지인이 추천하는 명소가 있다면 그곳부터 가보려고 마음먹고 물어본 것이었다. 그런데 현지인도 마노엘 극장을 추천하니 더 이상의 고민은 불필요했다.

극장 안으로 들어서자마자 한눈에 들어오는 화려한 황금빛, 영화와 뮤지컬로 봤던 〈오페라의 유령〉이 떠올랐다. 어디선가 유령이 숨어서 나를 지켜보고 있을 것 같고, 무대 위에는 지금 곧 크리스틴이 노래를 부를 것 같다.

마노엘 극장은 제2차 세계대전 때 폭격을 당했고 1970년대에는 구조물 변경하다 원형을 훼손했으나 2000년대 들어서 강당, 천장 등을 원형대로 복원하기 시작했다고 한다. 지금도 보수 공사 중인지 아니면 앞으로의 공연을 준비하는지 무대 바닥은 어질러졌고 1층 객석은 천으로 덮였다. 이 때문에 사진이 예쁘게 찍히지 않는 부분이 있어 아쉬웠다. 그러나 황금빛 타일과 조명이 어우러지는 박스 석은 1700년대 레트로 감성을 일으키기에 충분했다. 마노엘 극장에서는 지금도 음악회, 시 낭송회, 연극 등 다양한 문화 행사가 열리고 있다 한다. 몇백 년 나이를 먹은 건축물이 쉬지 않고 여전히 살아 움직인다는 것이 참 좋아 보인다.

처음 만나자마자 호감이 가고 왠지 오래 알고 지낸 듯한 친근감이 느껴지는 사람이 있다. 누구든지 오래 지내다 보면 처음과는 다른 면을 볼 때가 있지만 대체로 첫인상이 좋으면 끝까지 좋다. 처음 마노엘 극장에서 느꼈던 기분들은 내겐 몰타의 첫인상으로 남아 있다. 1700년대 스타일을 간직하면서도 요즘 시대와 잘 어우러지는 레트로 감성이 친근했다. 이제부터 본격적으로 시작하는 몰타 여행, 잘 할 수 있을 것 같다. 첫인상이 좋았으니까.

마노엘 극장 3층에서 본 전경

아르브
L-Għarb
젭부즈
Iż-Żebbuġ
고조 섬
Għawdex
나두르
In-Nadur
문샤르
Il-Munxar
아인시엘렘
Għajnsielem
멜리에하
Il-Mellieħa
118
세인트
폴스베이
San Pawl
il-Baħar
임자르
L-Imġarr
모스타
Il-Mosta
Il-Belt Valletta
라바트
Ir-Rabat
몰타 섬
Malta
마르사실로크
Marsaxlokk
비르젭부자
Birżebbuġa

¢ 마노엘극장

- 운영 시간 : 월~금, 9:30~16:00 / 토, 9:30~정오

- 입장료 : 5유로

- 기타 : 오디오 가이드 가능 (한국어 없음)

레몬 빛의 시작_발레타

'종로로 갈까요, 명동으로 갈까요, 차라리 청량리로 떠날까요'

발레타(Valletta)의 거리에서 뜻밖에도 어린 시절 들었던 노래가 기억의 저편에서 넘어왔다. 아마도 내가 지금 어디로 가야 할지 고민하고 있어서 무의식의 주크박스가 제멋대로 움직였나 보다.

평소 여행 계획을 촘촘하게 세우고 총총총 돌아다니는 편인데, 몰타 여행의 첫 날만큼은 여유를 부린 것이 이처럼 막막한 상황을 만들 줄은 몰랐다. 그러나 유네스코 세계 문화유산의 도시 발레타인데 어디로 간들 볼거리가 없을까, 어디 한번 나의 발걸음을 믿어 보자.

이 골목 저 골목에서 빨강, 파랑, 초록, 다양한 색을 가진 발코니가 눈에 띈다. 몰타 발코니의 기원은 여러 설이 있는데, 그중 여성의 활동을 제한하는 아랍 문화의 영향을 받았다는 견해가 가장 재미있다. 몰타는 약 200년간 아랍의 지배를 받았는데, 그 시기의 몰타 여성이 외출하지 않고도 물건을 살 수 있게 만든 공간이 건물 앞쪽으로 튀어나온 발코니라는 것이다. 여성이 집 앞으로 지나가는 상인에게 바구니를 줄에 묶어 내려주면 상인이 그것에 물건을 올려주었다는데, 아마도 빵, 머리빗과 같은 가벼운 물건을 살 때 제한적으로 사용했던 방법이 아닐까 싶다.

골목골목 누비다가 아무 생각 없이 하늘을 본 순간, '우와~' 감탄이 절로 나온다. 짙고 깊은 황금색 건물과 세밀하게 묘사된 조각상들이 공중 부양이라도 한 듯 떠 있다. 내가 마치 중세 시대를 배경으로 한 영화 속에 들어와 있는 것 같다.

황금색 건물에 넋을 잃고 정처 없이 걷다 보니 바다가 나왔다. 이곳에서는 발레타의 구조가 한 눈에 들어온다. 바닷가 위로 성벽을 높게 쌓아 출입을 어렵게 만들고 성채 중심부에 궁전과 민가가 있는 전형적인 요새 도시다. 중세 시대, 성 요한 기사단(=몰타 기사단)이 몰타를 지배하면서 이슬람 군대를 비롯한 외적의 침입에 대응하기 위해 방어 도시를 구축한 것이다.

한 줌의 물로 보석이 만들어질 것 같은 비취색 몰타의 바다, 저 멀리 해수욕을 즐기는 사람들이 보인다. 해변이 모래가 아닌 바위로 덮여 있어 앉아 있기 불편할 듯한 데도 모두 즐거운 표정이다. 나도 저 바다에 뛰어들고 싶다. 바지 속에 수영복을 입고 나왔어야 했을까? 속옷을 수영복이라고 우길 수도 없고 너무 아쉽다. 그러나 나는 이제 막 발레타에 도착한 여행자, 흥분을 자제하고 해안 도로를 따라 계속 둘러본다.

일반적으로 발코니 색과 현관문 색이 일치한다

몰타에서 흔하게 볼 수 있는 발코니

구멍 송송 현무암 닮은 돌덩어리들이 보인다. 마치 사막의 도시 같은 느낌이 드는 길을 따라 목적 없이 걸어간다. 저 멀리 바다에 지나가는 배와 그 배가 만든 흔적이 보인다. 그 물길은 뱃자국이라 해야 할까?

발레타가 유네스코 세계 문화유산으로 지정될 수 있었던 이유는 레몬 빛을 품은 햇살 때문이라는 생각이 들었다. 중세 시대 건축물이 수백 년간 같은 자리를 지켰다 해도, 지중해의 레몬 빛 햇살이 없었다면 그 시대를 추억하지 못할 것 같다.

영롱한 푸른빛 바다에 햇살이 반짝이는 몰타의 오후,

나의 레몬 빛 사진 여행이 시작됐다.

카라바조의 흔적_성 요한 대성당

천재, 성공, 살인, 몰락. 전혀 어울릴 것 같지 않은 단어가 어울리는 화가가 있다. 서양 미술사에서 바로크 시대를 개척한 카라바조(Caravaggio)가 그 주인공이다. 〈메두사〉, 〈홀로페르네스를 참수하는 유디트〉 등 명암 대비가 확실한 그림으로 유명한 화가 카라바조가 자신의 인생에서 마지막 역전을 꾀한 곳이 다름 아닌 몰타였다.

오전 9시 30분, 성 요한 대성당(St. John's Co-Cathedral)의 문이 열리자마자 쏜살같이 입장했다. 몰타 국민의 90% 이상이 가톨릭 신자이기에 몰타 전역에 크고 작은 성당이 많은데 이 중에서 몰타 기사단의 상징과도 같은 곳이 성 요한 대성당이다. 특히 카라바조의 작품 〈세례자 요한의 참수〉를 소장하고 있어 더욱 유명하다.

1573년부터 무려 5년 동안 지어진 성 요한 성당은 그 규모가 매우 커서 광각 렌즈를 사용해도 외부 및 내부 전경을 한 장의 사진에 담을 수 없었다. 성당 내부는 진한 황금빛이 가득하다. 아무리 생각해봐도 적절한 수식어를 못 찾겠다. 홍시 맛이 나니 '홍시 맛이라 할 수밖에 없다'했던 어린 장금이처럼 황금으로 장식되어 있으니 황금빛이 난다고 할 수밖에 없다.

성당 바닥 아래에는 400여 명의 기사들이 영원한 안식을 취하고 있고 이를 덮은 대리석에는 그 기사들의 업적이 장식돼 있다. 천장에는 화가 마티아 프레티(Mattia Preti)가 몰타 기사단의 역사를 그린 그림이, 벽면에는 몰타 기사단 십자가와 문장이 있다. 내부 공간에는 이탈리아, 프랑스, 독일 등 8개 지역의 언어와 기념물로 꾸며진 예배당(Chapel)이 있는데 이는 몰타 기사단원들의 출신 지역 8곳을 기리는 것이라 들었다.

성당 내부 전체가 황금빛이다
우상단 사진은 <세례자 요한의 참수>이다

가톨릭 신자인 나는 성당의 화려함에 끌리면서도 한편으로 마음이 편치 않았다. 종교가 정치보다 우위에 있던 시대에는 성당의 규모도 매우 중요했겠으나 신에게 기도하는 공간이 굳이 화려해야 할 필요가 있을까 싶다. 예수 그리스도는 내 마음 안에 계실까 아니면 화려한 성당 안에 계실까?

황금빛으로 가득한 공간을 뒤로하고 카라바조의 〈세례자 요한의 참수〉를 보려고 뮤지엄(Cathedral Museum)으로 갔다. 이탈리아 밀라노 출신의 화가 카라바조는 명암이 극단적으로 뚜렷하게 보이는 화풍으로 천재라는 평을 들으며 성공적인 화가의 삶을 살았다. 그러나 폭행이 잦았고 급기야 살인까지 저지르면서 이탈리아에서 도주하며 몰타로 숨어들었다. 그는 〈세례자 요한의 참수〉를 그려 몰타 기사단의 인정을 받았고 로마 교황청에 사면을 청하였으나 또다시 사고를 일으켜 결국에는 죄인의 몸으로 사망했다. 그 당시 카라바조의 절박함을 알고 있어서 그런지 아니면 명암의 대조가 뚜렷한 화풍 때문인지 〈세례자 요한의 참수〉는 강렬하고 생생했다. 당장에라도 잘린 목이 바닥으로 굴러떨어질 것 같았고 질은 적색의 끈적끈적한 피가 뚝뚝 떨어질 듯했다. 한편으로는 연극의 한 장면을 사진으로 보는 것 같기도 했다.

이 작품에는 카라바조의 엉뚱한 면을 찾아보는 잔재미도 있다. 〈세례자 요한의 참수〉가 그려진 1600년대에는 그림에 화가의 이름을 넣지 않았는데 그는 요한이 흘린 피 근처에 교묘하게 자신의 이름을 써넣었다 한다.

나도 그의 사인을 찾아봤다. 그러나 〈세례자 요한의 참수〉 사진을 여러장 찍으면서도 그것을 못 찾았다. 신실한 신앙심을 가진 사람들만 볼 수 있도록 특수 약품을 발라 두기라도 한 것일까?

다음에는 망원경이라도 갖고 와서 그 사인을 찾아내고야 말겠다고 다짐하면서 성당 문을 나섰다.

성 요한 성당의 천장화

하단 인물의 그림자 표현에 주목

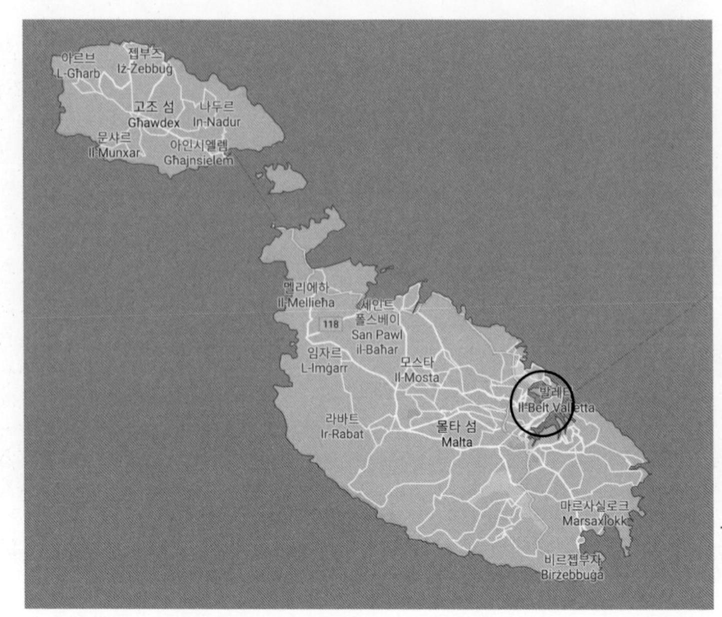
아르브
L-Għarb
젭부즈
Iż-Żebbuġ
고조 섬
Għawdex
나두르
In-Nadur
문샤르
Il-Munxar
아인시엘렘
Għajnsielem
멜리에하
Il-Mellieħa
118
세인트
폴스베이
San Pawl
il-Baħar
임자르
L-Imġarr
모스타
Il-Mosta
발레타
Il-Belt Valletta
라바트
Ir-Rabat
몰타 섬
Malta
마르사실로크
Marsaxlokk
비르젭부자
Birżebbuġa

¢ 성 요한 대성당 (St. John's Co-Cathedral)

- 운영 시간 : 월~금, 09:30~16:30 / 토, 09:30~12:30
- 입장료 : 성인 10 유로, 만 12세 이하 무료
- 기타 : 오디오 가이드 (한국어 없음)

열정 파이어_어퍼 바라카 가든

"눈 건 파이어~(Noon Gun Fire~)"

"콰콰쾅~"

낮 12시, 대포 한 대가 불을 뿜었다. 새로운 전쟁의 신호탄일까? 몰타로 여행하러 왔건만, 대체 이게 무슨 일이란 말인가!

월요일부터 토요일까지 정오(Noon)와 16시(Afternoon) 하루 두 번, 어퍼 바라카 가든(Upper Barrakka Gardens)의 예포대(禮砲隊, Saluting Battery)에

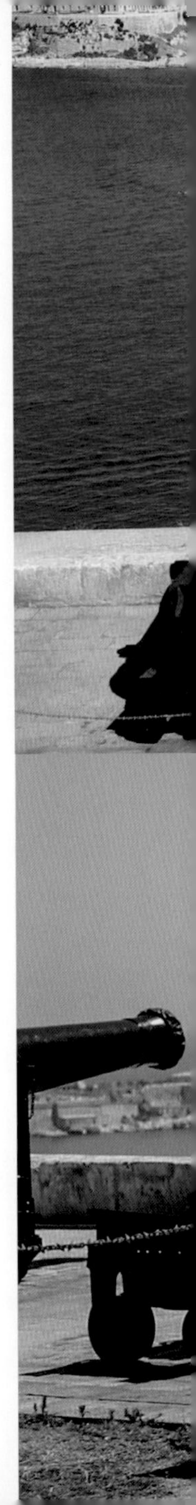

SALUTING BATTERY
Nº6. GUN

서는 각각 한 발의 포성(砲聲)이 울린다. 예포를 쏨으로써 시간을 알려주고 발레타를 통과하는 선박에 환영(歡迎) 인사를 건네는 것이라 한다. 이제까지 여러 나라에서 포대(砲臺)와 전시된 대포를 본 적은 있어도 공포탄을 쏘는 것을 본 적이 없다. 16세기에 처음 만들어진 포대에서 21세기에 복원된 대포로 공포탄을 쏘는 장면을 보다니, 나는 물개박수를 치며 환호했다.

발포하기 전, 나는 표를 끊고 포대로 갔다. 발코니에서 관람하면 무료지만 정오의 발포는 대포 가까이서 보고 싶었다. 시간이 가까워지니 1940년대 영국 군복풍의 유니폼을 입은 진행 요원들이 나와서 분위기를 띄운다. 발코니에 서 있는 사람들에게 차가운 음료와 아이스크림이 준비되어 있으니 포대로 내려오라고 외치고, 유료 관람객들에게는 대포를 쏘는 과정과 원리를 설명해준다. 16시에도 마찬가지였다. '눈 건 파이어(Noon Gun Fire)'가 아니라 '애프터눈 건 파이어(Afternoon Gun Fire)'라고 발포 구호가 바뀐 것 외에는 정오 때와 똑같이 절도 있고 질서 정연하게 이벤트가 진행됐다. 진지하게 생각해 봤다. 만약 내게 건식 사우나 같은 날씨에 헬멧을 쓰고 긴 팔 유니폼을 입고 하루에 두 번씩 같은 레퍼토리로 이벤트를 진행하라고 한다면 나는 어떤 행동을 취할까? 아무리 직업이라 하더라도 당장에 그만두고 말 것 같다. 이런 생각이 들자 이벤트가 다시 보였다. 관람객들에게는 그저 한 발의 예포일 뿐이겠지만 저이들에겐 강렬한 열정일 것이다.

'어퍼 바라카 가든'은 1년 내내 꽃들이 지지 않는다고 들었는데 정말 그런 것 같다. 꽃밭 가까이에 있는 의자에 앉아 멍하니 하늘을 본다. 이곳은 발레타에서 가장 높은 지역이라 발레타 전역이 잘 보이는 장소인데 지금 보니 하늘과도 제일 가까운 뷰 맛집이다. 가든 정문 밖에서 투어 가이드로 보이는 사람이 무엇인가 열심히 설명하고 있다. 어떤 내용일까? 조용히 그의 옆으로 갔다. 그는 어느 골목을 가리키며 샌프란시스코의 골목을 닮았다며 이곳이 몰타의 샌프란시스코라 불린다고 설명했다. 나는 슬그머니 그가 가리키는 방향으로 카메라를 돌렸다. 샌프란시스코에 가보지 못한 나로서는 가이드의 말이 사실인지 과장인지 판단할 수 없지만 발레타의 아름다움을 전달하는 그의 열정이 느껴졌다.

공포탄을 쏘기 전에 포에 대해 설명하는 장면

어퍼 바카라 가든의 테라스

ASTI
GUEST HOUSE

누군가의 열정에 감동받는 여행,

몰타에 오길 잘했다.

MAPFRE | MIDDLESEA

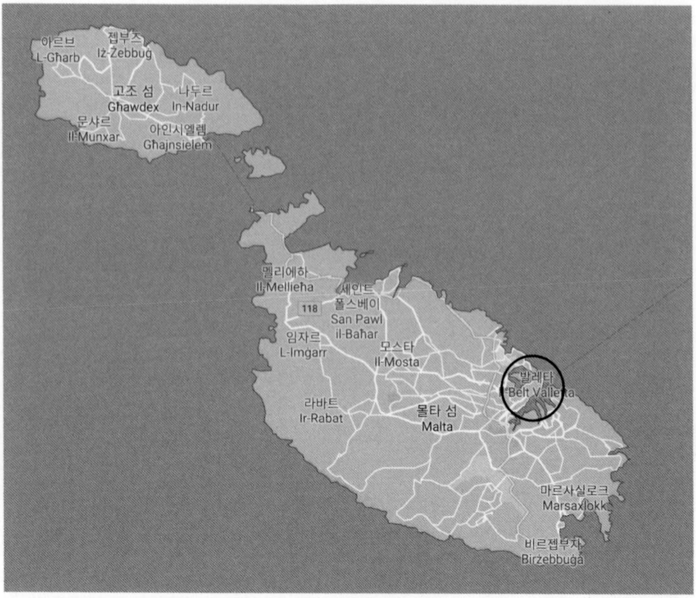

아르브
L-Għarb
젭부즈
Iż-Żebbuġ
고조 섬
Għawdex
나두르
In-Nadur
문샤르
Il-Munxar
아인시엘렘
Għajnsielem
멜리에하
Il-Mellieħa
118
세인트
폴스베이
San Pawl
il-Baħar
임자르
L-Imġarr
모스타
Il-Mosta
발레타
Belt Valletta
라바트
Ir-Rabat
몰타 섬
Malta
마르사실로크
Marsaxlokk
비르젭부자
Birżebbuġa

¢ Gun Firings

- 운영 시간 : 월~토, 12시 / 16시 (하루 2회)
- 발사 전에 대포의 구조 및 성능을 설명한다
- 포대(砲臺)에 미리 자리잡고 있어야 함
- 티켓 : 어른 3 유로 / 6세 이상 어린이 1 유로 (그 이하 무료)
- 발코니에서 관람은 무료

반전의 컬러 블루_슬리에마

'통통통통' 배가 달린다. 커다란 엔진을 사용하는 페리(Ferry)가 '부우웅~'이 아닌 '통통' 소리를 낼 리 없지만 내게는 그렇게 들렸다. 레트로 풍의 발레타(Valletta)에서 모던 풍의 슬리에마(Sliema)로 건너 가다 보니 환청이 들린 듯하다.

발레타에서 시내버스를 탔다면 해안가를 돌아돌아 약 30분은 걸렸겠으나 페리로 10분 정도 소요됐다. 우리나라 같으면 다리를 놓았을 법한데, 마치 부산에 광안대교가 없어서 그 길을 배 타고 이동하는 것과 같다. 슬리에마는 명품 거리, 팬시한 카페가 있는 동네다. 예쁜 사진을 찍으려고 같은 길을 두리번두리번 몇 차례 돌아봤으나, 아무래도 서울 거리가 더 예쁘고 화려한 것 같았다.

STERLING
GO

그렇다면 굳이 이곳에서 촬영할 필요가 뭐 있겠나 싶어서 카메라를 내려놓고 다음 목적지인 세인트 줄리안 (St Julian's) 지역으로 뚜벅뚜벅 걸어간다. 버스 타고 가기에는 가깝고 걷기엔 조금 먼 거리, 어중간하다.

몰타 여행을 시작하기 전에 렌터카 운전도 생각해 봤지만 몰타에서는 자동차가 좌측통행을 하기에 혹시라도 교통사고가 날까 봐 일찌감치 포기했다. 몰타에 와서 도로를 보니 그 폭이 너무 좁다. 렌터카 운전하지 않고 시내버스를 이용하거나 걸어 다니기를 잘했다는 생각이 들었다.

해안 도로를 따라 걸어가는데 짙은 코발트 블루 빛 바다가 보인다. 발레타에서와 마찬가지로 사람들은 레몬 빛 바위 위에서 일광욕을 하거나 푸른 물결 속에서 물장구를 친다. 파란색 계열과 노란색 계열은 서로 보색 관계라서 그럴까? 오늘따라 유난히 지중해의 블루와 해변의 레몬이 절묘하게 어우러지는 것 같다. 도로변에 있는 고층 빌딩 사이로 왠지 분위기 달라 보이는 골목길이 보인다. 단정한 옷매무새 사이로 살짝 삐져나온 상표를 보는 느낌이다. 예상하지 못했던 멋진 사진을 찍을 수 있을 것 같다는 생각에 나의 발걸음은 골목길로 향한다.

골목길 안쪽에서는 갑자기 중세 시대가 펼쳐진다. 아랍 문화의 상징인 발코니에는 몇백 년간의 빗물과 바람의 흔적이 흉터로 남았고 황톳빛과 레몬 빛 벽돌은 각각 다른 시대의 지층처럼 보인다. 마치 화려한 겉옷 속에 숨은 축 처진 뱃살을 보고 있는 것 같아 마음이 애잔하다.

골목에서 나와 몇 분 정도 걸으니 '발루타 베이(Balluta Bay)'에 도착했다. 이곳의 바닷물은 파란색 물감 통에 초록색 물감을 푼 것 같다. 서로 몇십 미터밖에 떨어지지 않은 바닷물의 색감이 이처럼 다를 수 있다는 것이 신비롭다.

여유 가득한 해변 풍경을 촬영한 후 조금 전에 찍은 사진을 되돌려 봤다. 발레타에서는 레몬 빛의 매력에 빠졌지만 슬리에마 지역

에서는 코발트 블루의 유혹에 끌린 것 같다. 블루는 평소에도 내가 좋아하는 색인데, 오늘따라 더욱 아름답게 보이는 이유가 무엇인지 잠시 생각해 봤다.

파란색은 반전의 색이라 한다. 기독교가 전파되기 이전의 파란색은 미개인의 색으로 취급받았고 하늘을 검은색, 흰색, 금색으로 칠했으나, 기독교 전파 후에는 성모 마리아의 겉옷이나 하늘에 칠해지기 시작했다. 홀대받던 색이 선호하는 색으로 바뀐 것이다.
_〈색의 인문학〉 일부, 미셸 파스투로

반전의 매력, 오늘 촬영한 블루 컬러에도 그것이 숨어 있었다. 골목길 안에는 오래된 레몬 빛, 길 밖으로 나오면 현대식 건물과 어우러지는 푸른 빛, 그 오묘한 색감의 대비가 블루 컬러의 매력을 한층 더 돋보이게 한 것 같다.

모든 여행자의 마음에는 블루가 자리 잡고 있다. 어디서부터 혹은 무엇으로부터 떠나 왔으나 다시 돌아가야 하는 필연적인 반전이

기다리고 있기 때문이다.

나 역시 돌아갈 곳이 있는 여행자, 반전의 블루를 더욱더 깊게 촬영하기 시작했다.

마치 다른 시대의 지층 같은 황토빛과 레몬 빛 벽돌

파란 물감 통에 초록 물감을 섞은 듯한 '발루타 베이'

LOVE가 뭐길래? _ 세인트 줄리안

'사랑이란 무엇일까?'

이름을 알 수 없는, 물구나무선 'LOVE'를 바라보며 사랑이란 무엇인지 궁금해졌다.

스피놀라 베이(Spinola Bay)는 세인트 줄리안(St. Julian's) 지역에 있는 작은 항구다. 항구 주변의 예스러운 건물은 타워 크레인과 어우러져 묘한 풍광을 자아낸다. 과거와 현재가 뒤섞여 언뜻 어지러워 보이는 이곳에 'LOVE'를 거꾸로 세워 놓은 조형물이 있다. 누가, 언제, 어떤 목적으로 이 조형물을 만들었는지는 몰라도 사랑에 대한 궁금증을 충분히 불러일으킨다.

두 개의 LOVE 모양의 조형물은 보도를 사이에 두고 마주 보고 있다. 그것도 물구나무선 모습으로. 이 조형물을 보며 나는 엉뚱한 호기심이 발동했다. 사랑이란, 외 사랑(one-side love)이 아니라 서로서로 하는 것이라서 두 개일까? 물구나무의 의미는 입장 바꿔 생각해보라는 뜻일까? 혹시 난간 쪽에 있는 'LOVE'의 그림자가 물 위에 비친다면 글자가 바르게 보일까? 그렇게 되려면 태양의 각도는 어느 정도여야 할까? 봄, 여름, 가을, 겨울 각각 태양의 위치가 다른데, 여름철인 지금 그림자가 비치기는 할까?

곶감처럼 검붉은 색을 띤 채 주렁주렁 매달린 자물쇠가 눈에 들어왔다. 서울 남산 N 타워에 있는, 알록달록 반짝반짝 빛나는 그것과 닮았다. 사랑을 자물쇠로 잠가 놓고 싶은 마음은 글로벌 공통인가 보다. 사랑이란 것이 자물쇠로 잠글 수 있는 것인지, 설령 잠갔다 해도 그런 사랑은 달아나지 못하는 것인지…
갑자기 피식, 웃음이 났다. 지금까지 꼬리에 꼬리를 물고 이어진 잡념의 정체를 파악했기 때문이다. 그것은 '질투심'이었다. 연애 경험이 부족한 나로서는 남산을 함께 올라본 적도 없는데 이역만

리 몰타에 와서 알지도 못하는 사람들의 사랑까지 보고 있으려니 샘이 났다.

내 마음을 사로잡았던 질투심을 스피놀라 베이에 던져 놓고 한국인이 운영하는 클럽 스시 (CLUB SUSHI) 레스토랑으로 갔다. 아무리 글로벌 시대라지만 이 조그만 몰타 공화국에 한국 식당이 있다는 것이 놀랍다. 서양의 여느 한인 레스토랑처럼 한국 음식뿐만 아니라 일본 음식도 함께 제공한다. 건물 밖에 펼쳐 놓은 메뉴판을 보니 불고기 덮밥, 비빔밥, 보쌈, 돈가스, 텐동 등이 빼곡히 적혀있다.

나는 참치 회와 맥주를 주문했다. 참치 회는 가격대가 높은 편이었고 한국에서도 먹을 수 있는 음식이지만 탕진잼을 떠올리며 기쁜 마음으로 주문했다. (사실 몰타의 참치 맛을 여행 전부터 상상했다) 참치를 먹으면서 두 분의 한국인 셰프와 여러 이야기를 나눠 보고 싶었다. 왜 이렇게 먼 곳까지 오게 되었는지, 일하면서 어떤 어려움이 있는지, 어떤 점이 한국보다 좋은지 등등 묻고 싶은 것이 많았으나 어디까지나 그것은 내 마음일 뿐이었다. 그간의 삶이 녹록지 않았겠지만 잠시 지나가는 한국인 여행자에게 그 깊은 이야기를 털어놓기에는 시간이 짧았다. 처음부터 나의 오지랖이 잘못이었다. 손님이 아직 꽉 차지 않은 초저녁, 양해를 구하고 사진 몇 컷을 찍고 나왔다.

발레타로 돌아가야 할 시간. 이번엔 걷지 않고 시내버스를 타고 슬리에마 선착장으로 돌아왔다. 슬리에마에서 바라본 발레타 야경이 매우 멋있다는 말을 듣고 어둠이 내려앉기만을 기다렸다.

초저녁 풍경은 한낮의 그것과는 다른 느낌이다. 곳곳에 서 있는 타워 크레인이 여전히 불편하긴 하다. 그러나 현대식 건물과 어우러지는 석양빛과 바다에 떠 있는 요트 풍경은 황홀하다. 저무는 빛을 보며 스피놀라 베이에서 본 'LOVE'를 다시 떠올린다.

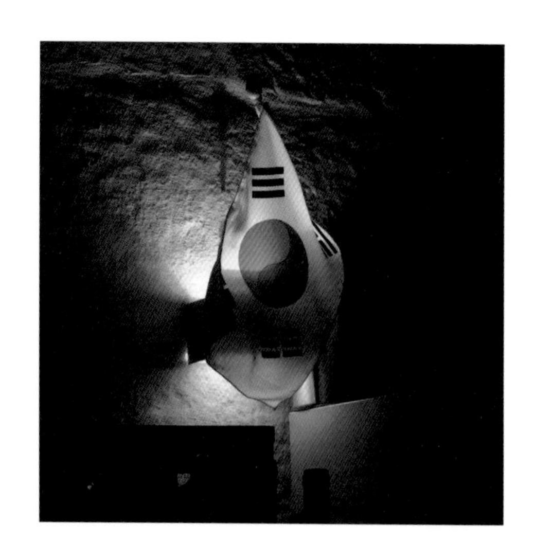

RESERVED
RESERVED

사랑이란 무엇일까?

거꾸로 서 있는 두 개의 'LOVE'일까?

아니면 자물쇠일까?

그것도 아니면

황홀한 황혼(黃昏) 같은 것일까?

FRIDAY

TT.S-1672

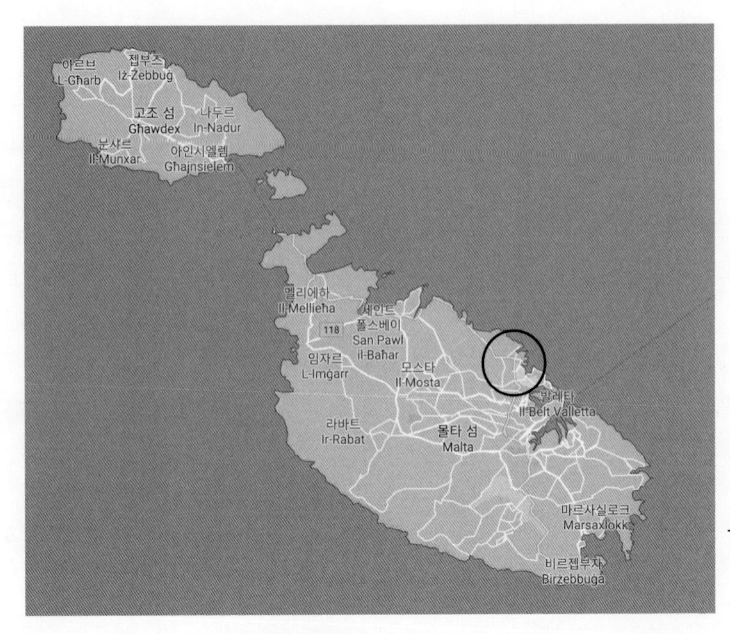
아르브
L-Għarb
젭부즈
Iż-Żebbuġ
고조 섬
Għawdex
나두르
In-Nadur
문샤르
Il-Munxar
아인시엘렘
Għajnsielem
멜리에하
Il-Mellieħa
118
세인트
폴스베이
San Pawl
il-Baħar
임자르
L-Imġarr
모스타
Il-Mosta
발레타
Il-Belt Valletta
라바트
Ir-Rabat
몰타 섬
Malta
마르사실로크
Marsaxlokk
비르젭부자
Birżebbuġa

₵ 한인 레스토랑 <CLUB SUSHI>

- 2명~8명 테이블 예약 가능
- 주요 메뉴
  치킨 불고기 덮밥 : 13유로
  보쌈 : 20.5유로
  텐동 : 12.5유로
- 홈페이지: www.clubsushimalta.com
- 전화번호: +356 27 331 555

2 장.

사람의 향기

중세 시대에 출발한 빛이 이제야 도착했다

나르키소스 블루 _ 블루 그로토

'이야~, 참 부지런들 하다.'

오전 9시, 결코 늦은 시간이 아님에도 블루 그로토(Blue Grotto) 보트 투어 선착장에는 이미 십여 명의 사람들이 대기하고 있다. 해안 동굴(Grotto) 안으로 아침 시간에만 햇살이 들어와서 환상적인 풍경을 만들어낸다고 하기에 여행자들이 이른 아침부터 속속 모여드는 것이다.

잠시 후, 보트 한 대가 여행자들을 태운

다. 선착장의 바닷물도 코발트 블루 빛으로 반짝이는데 도대체 '블루 그로토'의 블루는 얼마나 아름답다는 것일까?

출발한 지 10분 정도 지나자 보트는 커다란 바위산 아래 숨어 있는 해안 동굴로 들어간다. 동굴 입구로 들어온 아침 햇살은 동굴 벽과 바닷물에 반사되면서 여행자들을 유혹한다. 이 영롱한 빛을 어떻게 표현해야 할지 모르겠다. 푸르다, 파랗다, 푸르스름하다? 아무리 생각해봐도 이곳 블루 그로토의 색을 언어로 표현하기는 쉽지 않을 듯하다.

나는 한참 동안 카메라 뷰 파인더로만 블루 그로토를 바라보고 계속 셔터를 누른다. 두 눈으로 저 오묘한 푸른색을 바라본다면 내가 마치 나르키소스가 된 듯 물속으로 첨벙 뛰어들까 두렵기 때문이다.

어느덧 오전 10시, 지중해의 햇살은 한국에서의 햇살보다 훨씬 강하다. 이제는 선착장으로 돌아가야 하는 시간, 블루는 좀 더 짙

어지는 것 같다. 내 마음은 이곳에 좀 더 머물며 블루의 변화를 보고 싶어 하는데 떠나온 곳으로 돌아가야만 하는 보트는 무심하게 제 갈 길을 가려 한다.

차츰차츰 푸른 점으로 변해가는 블루 그로토를 바라보며 나는 마음속으로 그리스·로마 신화를 고쳐 써본다. 나르키소스는 자신의 얼굴에 취해 물에 뛰어든 것이 아니라 블루 그로토의 푸른 유혹 때문에 뛰어들었으며 이때부터 사람들은 설령 죽음에 이르더라도 보고 또 보고 싶은 푸른빛을 '나르키소스 블루'라 부른다고.

선착장에서는 때늦은 보트들이 출발하고 있다. 누가 블루 그로토를 보았다 하는가, 나르키소스 블루를 보지 못했다면.

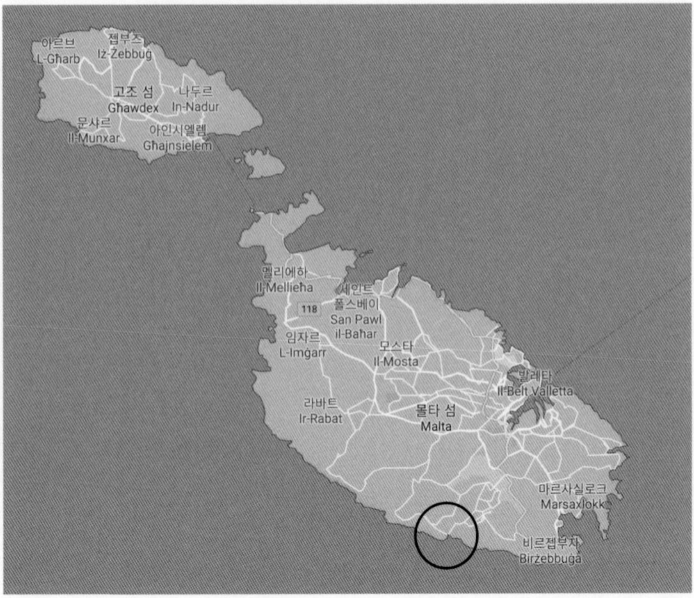

아르브
L-Għarb
젭부즈
Iż-Żebbuġ
고조 섬
Għawdex
나두르
In-Nadur
문샤르
Il-Munxar
아인시엘렘
Għajnsielem
멜리에하
Il-Mellieħa
118
세인트
폴스베이
San Pawl
il-Baħar
임자르
L-Imġarr
모스타
Il-Mosta
발레타
Il-Belt Valletta
라바트
Ir-Rabat
몰타 섬
Malta
마르사실로크
Marsaxlokk
비르젭부자
Birżebbuġa

¢블루 그로토 보트 투어

- 운영 시간 : 4월~10월, 9시~17시 / 11월~3월, 9시 30분~15시 30분
- 이용료 : 어른 8 유로, 어린이 4 유로 (3세~10세)

¢블루 그로토 교통편

- 택시 : 발레타 구도심 → 블루 그로토, 편도 20 유로
- 버스 : 74번, 201번
- 몰타에서는 버스가 유용한 대중교통
- 발레타에서 블루 그로토로 갈 때는 택시가 가장 편하고 빠르다

여행의 기대 _ 아자르 임 & 임나드라 사원

땡볕은 쨍쨍 아스팔트는 후끈, 한 걸음 한 걸음마다 짜증이 끓어 오른다. 블루 그로토에서 출발, [하가르 킴]과 임나드라 사원을 향해 30분째 걸어가고 있는데 아무리 생각해도 조금 전에 벌어진 상황이 이해되지 않는다. 애초부터 걸어갈 생각은 없었다. 블루 그로토에서 사원으로 가는 시내버스 노선을 알아 내고는 정류장에 서서 십여 분을 기다렸다.

"이 버스, [하가르 킴] 가지요?"

"안 가요" "예? 구글에서는 간다고 나오는데요?"

"저쪽으로 걸어가세요."

이상하다, 왜 안 간다고 할까? 구글이 잘못된 정보를 알려준 걸까? 하여간 버스에서 내렸다. 이곳이 대한민국이라면 인터넷 정보를 보다 신뢰하고 일단 고(Go~)를 했겠지만, 난생처음 온 몰타에서는 인터넷보다 '사람'을 믿어 보기로 했다. 내 몸에 수분이 이렇게나 많았던가? 인체를 구성하는 요소 중 물이 80%라고 배우긴 했으나 몸 전체에서 배어 나오는 이 수분이 단지 '땀'이라 불리는 물질인지 아니면, 내 몸이 어느 강물의 발원지로 탈바꿈하는지 의구심이 들 정도로 물이 줄줄 샌다. 드디어 [하가르 킴]과 임나드라 유적지 입구에 도착했다. 두 사원 모두 유네스코 세계문화유산으로 등재되어 있다. 그런데, 이게 무슨 일인가! 버스 정류장에 아까 타려 했던 버스 번호가 쓰여 있지 않은가! 순간 생각나는 것이 있어서 론리 플래닛을 꺼내 들었다.

이 유적지의 이름은 Ħaġar Qim. 자세히 보면 Ħ가 영어 알파벳의 H와는 다르고 g 위에 점이 찍혀 있는데 이를 [adge-ar eem]으로 발음하라고 쓰여있다. 즉, [하가르 킴]이 아니라 [아자르 임]이 현지 발음에 가깝다. 혹시, 내가 아까 [아자르 임]이 아니라 [하가르

1

3

2

1. 시드니의 오페라하우스를 연상시키는 '아자르 임' 사원
2. 몰타의 비너스 상을 활용한 사인
3. 사원 앞의 버스 정류장 74번, 201번 버스가 정차한다
4. 아자르 임 & 임나드라 사원 입구

Heritage Malta
HAĠAR QIM
& MNAJDRA
ARCHAEOLOGICAL
PARK

킴]이라고 하는 바람에 오해한 것일까? 버스가 안 간다고만 했어도 될 걸 굳이 걸어가라고 권유한 걸 보면 내 말을 아주 못 알아들은 것 같지는 않은데… 버스를 탔다면 5분 만에 왔을 거리를 걸어오느라 30분씩이나 허비했다니 그 시간이 너무너무 아깝다.

사원으로 들어가기 전에 이 유적의 역사와 의미를 소개하는 4D 영화를 반드시 시청하고, 출토된 유물을 소개한 전시를 관람해야 한다. [아자르 임]을 [하가르 킴]으로 발음하는 무딘 언어 센스를 가진 내게는 4D 영화는 소음 공해, 전시 글은 알파벳의 나열일 뿐이었다. 그러나 나는 모든 것을 이해하는 척, 무심한 표정을 지으며 사원 안으로 들어섰다.

첫 번째 사원은 '아자르 임' 사원. 처음 보자마자 내가 시드니 오페라 하우스로 순간 이동을 했나 싶어 두 눈을 크게 떴다. 자세히 보니 유적지를 보호하기 위해 천막을 씌워 놓은 것이었다. 내 입에서는 '아이고, 이를 어쩌나'하며 가벼운 탄식이 흘러나왔다. 이곳을 방문한 가장 큰 이유는 멋진 사진을 찍는 것인데, 천막을 씌워 놓았으니 어떻게 촬영해야 하나 걱정이 앞섰다.

사원 내부를 천천히 둘러봤으나 BC 3천 년대의 돌덩어리를 어떻게 촬영해야 할지 여전히 감이 오지 않는다. 각 공간의 용도를 알고 있다면 촬영하기가 훨씬 쉬울 텐데, 사전 학습이 부족했던 탓에 나의 손과 발이 계속 고생한다. 론리 플래닛에 따르면 아자르임 사원에서 조각상이 발굴되었는데, 각각 몰타의 비너스(Venus de Malta)와 팻 레이디(fat lady)라는 이름이 부여됐다고 한다. 인터넷으로 두 조각상의 이미지를 찾아보니 아까 전시장 천장에서 봤던 사인(Sign)이 떠올랐다. 전시 콘텐츠를 건성으로 본 탓에 그 사인의 의미는 알지 못하나 사진을 찍어 두었으니 다행이었다. '내가 여행을 하러 왔나, 영문 독해를 하러 왔나?' 하며 자괴감이 들긴 했으나 한편으로는 현장에서의 공부 또한 여행이라고 스스로 위로를 건넨다.

다음으로 아자르 임 사원 옆으로 500m 정도 떨어져 있는 임나드라(Mnajdra) 사원으로 향한다. 그런데, 내 마음은 또 한 번 무너져 내린다. 내리막길 때문이다.

1

2

3

1. 2. 저 돌 틈사이로 햇빛이 들어오는지?
3. 임나드라 사원 일부. 몰타에서 만든 유로화 동전 디자인의 배경이 되었다
4. 유로화 동전 디자인처럼 사진을 찍다

4

임나드라로 가는 길은 내리막이라도 올라올 때는 언덕길이니 너무 힘들 것이 분명하다. '고대 몰타인들은 어떻게 이 언덕길을 오르내리며 신전을 지었을까?' 해답을 얻지 못하는 질문을 하며 아래로, 아래로 내려간다. 임나드라 사원에서 찍을 사진은 미리 계획해 두었다. 유로(EUR) 화폐는 그것을 사용하는 국가별로 특색있는 디자인을 할 수 있는데, 몰타에서 만든 유로 동전에 임나드라 사원이 새겨져 있다고 해서 (출처 : 그럴 땐 몰타, 이세영) 이것을 촬영하려고 한다.

일곱 번의 시도 끝에 의도 대로 사진을 찍었다. 왼손으로 작디작은 동전을 들고, 오른손으로는 무거운 DSLR 카메라를 들고 촬영했다. 대단치 않은 사진이긴 하나 이 또한 사진여행의 재미라는 생각이 든다.

임나드라 사원은 클로버 모양으로 세 개의 방(Chamber)이 있다. 가장 오래된 방은 BC 3600~3200년경 지어졌고 남쪽 방은 BC 3150 ~2500년경 지어졌다 한다. 특히 남쪽 방은 태양의 궤도와 관련 깊다 하는데, 6월 하지 때는 일출 빛이 남쪽 방의 창문을 통과하고 12월 동지 때는 제단을 비춘다고 한다. (아자르 임 사원에 서도 하지 때는 빛이 방 안의 석판을 비춘다고 한다)

나는 임나드라 사원 틈으로 보이는 바다를 바라보며 앞으로 6월이나 12월에 몰타 여행을 다시 하겠다고 다짐한다. 그때 이곳을 재방문해서 사원으로 스며드는 빛을 꼭 촬영해야겠다. 또 한 번의 몰타 여행, 그 기대만으로도 행복하다.

¢ 아자르 임 & 임나드라 사원

- 입장료 : 18세~59세 성인 10 유로 / 학생 7.5 유로 / 6세~11세 어린이 5.5 유로
- 운영시간 : 10시~16시 30분 *화요일 휴관
- '아자르 임' 사원과 '임나드라' 사원간 셔틀 카 운영. (인당 2 유로)

¢ 임나드라 사원 하지 투어 (Mnajdra Summer Solstice Tour)

- 날짜 : '21년 6월 19, 20, 21일
- 시간 : 오전 5:20
- 만남의 장소 : 아자르 임 & 임나드라 방문 센터 앞
- 이용료 : 성인 30 유로 (Heritage Malta 회원 20 유로)
- 홈페이지 : www. heritagemalta.org

긁다, 그립다_라밧

번갯불에 콩을 구워 먹었다는 속담은 오늘을 예견하고 만들어졌음이 틀림없다. 오전 8시에 숙소에서 출발, '블루 그로토', '아자르 임'과 '임나드라' 사원까지 둘러봤는데도 하루의 여행이 끝나지 않았다. 비록 여행지를 돌아본 시간은 번개 같았어도 효율적으로 사진을 찍은 것 같아 기분이 좋다.

이번엔 몰타섬 중부 지역의 중세 도시 '라밧(Rabat)'과 '임디나(Mdina)'로 향한다. 라밧

전혀 다른 느낌을 주는 임다나의 골목

은 아랍어로 외곽이라는 뜻인데, 이곳에는 중산층이 살았고 임디나에는 귀족이 살았다 한다.

라밧의 골목 풍경은 어디로 튈지 모르는 얌체공 같다. 깔끔하고 산뜻하다가 갑자기 빈민가 같은 풍경이 툭~ 나오고, 어느 순간에는 발코니가 컬러 시리즈로 전개된다. 몰타 공화국이 여러 문화의 복합체라는 것을 알고 있긴 하나, 느낌이 전혀 다른 풍경이 순간순간 펼쳐지니 몹시 당황스럽다.

라밧 구경도 식후경이다. 생각해보니 호텔 조식 후, 아직까지 뱃속에 집어넣은 것이 없다. (아자르임 사원에서 물 한 병 섭취) 마땅한 편의점이나 카페를 찾지 못했는데 성 바울 성당 앞에서 EBS 세계테마기행에 나왔던 과자점을 발견했다.

이 과자점의 이름은 파루찬. (C위에 점이 찍히면 'ch' 로 발음한다 함) 방송에서 봤던 과자점 주인 할아버지, 실제로 오늘 처음 보면서 나는 마치 어제 본 듯 아양을 떨어 보기로 한다.

"헬로 써어~ (영상을 보여드리면서) 저, 한국에서 왔어요. 이 영상 보세요. 사장님은 한국에서 유명하신 분이에요."
"반가워요, 뭘 드릴까요?"

우리나라 시골에서 만날 법한, 연세 지긋하고 선(善)한 눈빛을 지닌 주인장 할아버지는 '자네와 같은 여행자 많이 봤다네'라는 표정으로 나를 보며 능숙하게 본인이 직접 만든 과자를 소개한다.

이것저것 섞어 9 유로어치를 사니 방송에서 소개됐던 것처럼 백설기 떡 같은 빵을 덤으로 주신다. 감사 인사를 드리자마자 포장지를 제거, 한 입 크게 베어 문다. 과일 케이크를 닮았고 달착지근한 맛이 날 듯 했는데 그렇지 않다. 떡처럼 쫀득쫀득할 것 같으면서도 실제로는 푸석푸석하다. 어쨌든 공짜는 맛있다. (먹느라고 바빠서 사진 한 장 못 찍음)

요기했으니 다시 여행을 시작한다. 1675년에 준공된 '성 바울 성당(St. Paul's Church)'은 잠깐 바라봐도 레트로 감성이 돋는

ST.PAUL'S GROTTO
&
CATACOMBS
ENTRANCE

1

Traditional Maltese
IMQARET:
Date Rolls with
lemon and cinnamon
Pastry Cases
Nutella and

2

PARRUĊĊAN
CONFECTIONERY
Traditional Maltese Cakes & Nougat
PARRUĊĊAN
BRITTLE MALTESE
NOUGAT

3

4

1. 성 바울 성당 입구에 있는, 카타콤 입구 안내판
2. 파루찬 과자점의 빵
3. 파루찬 과자점
4. 성 바울 성당(St. Paul's Church)

다. 한 땀 한 땀 뜨개질하듯 성당 안팎을 둘러보고 싶지만 한여름의 후끈한 공기가 나의 여행 투지를 꺾는다. '이럴 땐 지하가 최고야' 나는 성당 지하에 있는 '성 바울 카타콤(St Paul's Catacombs)'으로 향한다.

카타콤(Catacombs)은 '무덤들 가운데'라는 의미를 가진 지하 동굴 무덤이다. 1894년에 발굴된 '성 바울 카타콤'은 3세기부터 500년 동안 사용된 지하 공동묘지로, 주요 지역은 600평(2,000m^2) 정도 되며 약 30개의 동굴이 연결돼 있다 한다.

이 카타콤의 어느 통로는 성인이 꼿꼿하게 서서 걸어 다닐 수 있는 정도로 높이가 넉넉하고 음식을 놓는 테이블과 침대 역할을 했을 법한 공간도 존재한다. 흙도 아닌 바위를 기계가 아닌 사람의 노동력으로 어떻게 굴을 팠을까? 터키에서 봤던 지하도시만큼이나 기묘하지만, 그 해답은 굳이 찾지 않으려 한다. 호기심을 남겨두는 것도 여행이라는 생각이 들어서다. '지하 무덤에도 빈부 격차가 있었나?' 과거에는 관을 안치했을 어떤 방에 화려한 문양이 새겨져 있어 떠오른 생각이다. 어느 귀족이나 돈 많은 상인이 잠들어 있었을까? 어떻게 고대(古代)의 지하 무덤에 화려한 그림이 존재할 수 있을까?

'그림'은 '긁다'에서 유래되었다는 이야기가 생각났다. 어떤 대상에 선이나 색을 긁은 것이 그림이 되었고 마음에 긁은 것은 '그리움'이 되었다는 것이다.
_ 〈가끔은 격하게 외로워야 한다〉 일부, 김정운

벽면을 보니 글자처럼 보이는 낙서 옆에 하트가 있다, ♥는 그리스·로마 시대부터 사랑의 의미로 쓰였다 하니, 낙서의 내용은 '사랑'과 관련이 있을 법하다.

'아하, 그리우니까 긁었구나!' 아마도 그 옛날 지하 묘지에서는 죽은 이가 그리워서 땅을 긁고, 사랑하던 사람이 그리워서 벽을 긁었나 보다. 나는 그리워서 사진을 찍는다. 앞으로 몰타가 그리워질 것이므로 사진을 찍어 둔다.

1

2

3

4

5

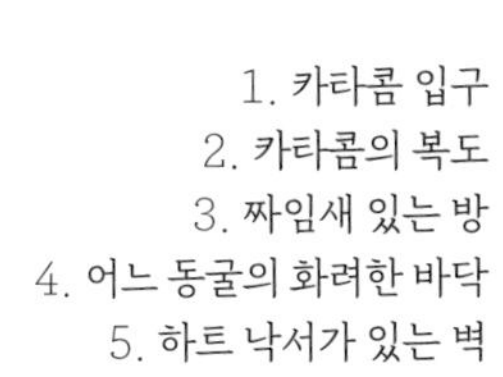

1. 카타콤 입구
2. 카타콤의 복도
3. 짜임새 있는 방
4. 어느 동굴의 화려한 바닥
5. 하트 낙서가 있는 벽

사진을 찍으면서 또 그리워지고,

그리우니까 계속 여행을 한다.

나는 지금, 벌써 그리워진 라밧을 뒤로하고

임디나(Mdina)로 간다.

TRIQ
N KATALDU
PARRUĊĊAN
CONFECTIONERY
Traditional Maltese Cakes & Nougat

ST
Gate
100m

레몬 빛 과거_임디나

'어서 와, 임디나(Mdina)는 처음이지?' 귀여운 사자 한 마리가 나를 반갑게 맞이한다. 과거 귀족들이 살았다는 임디나의 성채는 로마 시대 때 지어졌다 한다. 입구에는 사자 조각상이 방문객들에게 인사를 건넨다. 당시 조각가는 문지기 사자의 얼굴을 무섭게 보이게 만들었을 것이나, 내게는 귀엽게 보인다. 머리를 쓰담쓰담해 주고 싶을 정도로.

임디나의 골목길은 할머니, 할아버지의 등처럼 굽었다. 중세 시대, 외적이 도시 안으로 들어와서 화살을 쏠 경우, 그것을 피할 수 있도록 구불구불하게 했다 한다. 마치 영화의 한 장면 같은 골목과 골목, 그 사이로 레몬 빛이 보인다.

도시 중심부에는 '성 바울 대성당(St Paul's Cathedral)'이 우뚝 서 있다. 조금 전 옆 동네 라밧(Rabat)에서도 성 바울 성당을 봤는데, 가까운 지역에 같은 이름을 가진 성당이 있으니 여기가 거기 같고 거기가 여기 같기도 하다. 간단히 정리하자면, 라밧에 있는 성 바울 성당은 처치(church), 임디나의 성 바울 대성당은 카테드랄(Cathedral)이다. 처치(church)는 중소 규모의 가톨릭 성당을, 카테드랄(Cathedral)은 가톨릭 지역 본부 역할을 하는 대성당을 의미한다.

성 바울 대성당의 외경은 수수하고 깔끔해 보인다. 사람으로 치면 명품 의류로 휘감은 사람이 아니라 단정하면서도 기품 있어 보이는 사람 같다. 대성당 정면에 시계 두 개가 보인다. 각각의 시간이 다른데, 정면을 바라보고 오른쪽의 시계가 현재 시각과 일치한다. 두 시계의 시간이 서로 다른 이유가 무엇일까? 여러 번 검색해 보았으나 해답을 찾지 못했다.

1

2

3

1. 임다나 입구
2. 레몬 빛 골목
3. 임다나 입구의 귀여운 사자상
4. 성 바울 대성당

4

대성당 내부는 화려하다. 무엇보다도 제2차 세계대전 때도 손실되지 않았다는 천장 프레스코화가 압권이다. 발레타의 '성 요한 대성당'보다는 덜하지만, 밖에서 본 성당 외경의 수수함과는 차이가 커서 더욱 웅장해 보인다.

성당에서 나와 왼쪽에 있는 뮤지엄으로 들어간다. 소장하고 있는 보물을 보고 싶어서라기보다는 따끈따끈한 태양을 피하고 싶어서였다. 뮤지엄의 첫 번째 홀에서 만나는 유물은 은(Silver)으로 만든 조각상이다. 성모 마리아와 12 사도들을 모두 은으로 만들었다. 그리고 은 성배, 은 접시 등등 은으로 만든 물품들이 하나 가득하다. 강화도만 한 크기의 섬나라 고대 도시에서 어떻게 이토록 많은 부(富)를 쌓을 수 있었는지 놀랍다.

뮤지엄을 나와 성당으로 가던 길에 하늘을 본다. 반듯한 하늘. 임디나 골목길의 자유로운 곡선도 좋지만 반듯한 직선 또한 아름답다. '비행기 한 대 지나가 주거나 큰 새 한 마리 날아가 주면 더욱 더 좋을 텐데…' 아쉬운 마음으로 촬영한다.

나의 발걸음은 몰타에서 가장 높은 지대에 있는 바스티언 광장(Bastion Square)으로 향한다. 이곳에서는 몰타섬 전경을 감상할 수 있기에 필수 방문지로 손꼽힌다. (임디나는 몰타에서 가장 높은 지역에 있다) 광장에서 내려다본 몰타섬 풍경, 시원하다.

역시 몰타에서 가장 높은 지역에 위치한 폰타넬라 카페(Fontanella Café)로 들어갔다. 라밧(Rabat)에서 빵과 과자를 먹은 지 몇 시간 지나지 않았지만 이곳저곳을 순식간에 돌아봤더니 배가 고팠다.

레몬 케이크와 딸기 주스를 먹기 전에 사진을 찍어 봤다. 평소에는 음식 사진을 촬영하지 않는 편인데, 레몬색과 빨간색의 조화를 보니 자연스럽게 카메라에 손이 갔다. 촬영은 쉽지 않았다. 그림자를 잘 안 보이게 하려고 컵과 케이크를 이리저리 돌리고 카메라를 수직으로 들었다가 옆으로 놨다 하면서 10장 이상 찍었다. 가만히 보니 음식을 촬영하는 사람은 나밖에 없다. 주변에서는 아무도 나를 신경 쓰지 않았지만 계속 촬영하다 보니 왠지 창피했다.

1

2

1. 성바울 대성당의 뮤지엄 2. 성바울 대성당의 천장화
3. 몰타의 푸른 하늘 4. 시원한 몰타 본섬의 풍경

3

4

배 속을 채웠으니 오늘의 마지막 촬영으로 골목을 헤매 보기로 한다. 화살을 최대한 피할 목적으로 만들었다는 구불구불 골목 사이로 직선밖에 모르는 빛이 쏟아진다. 빛은 다시 레몬색으로 변해 중세 시대의 도시를 한 점의 유화로 만든다.

어느 골목에서 나뭇잎에 떨어지는 빛을 바라보는 여성을 남친으로 보이는 청년이 사진을 찍는다. 사진에 정답이란 없지만, 내가 저 여성의 연인이었다면 저 청년보다 훨씬 더 예쁘게 찍었을 것이라며 셀프 자만심에 빠져든다. 여친 사진 잘 찍어 줄 수 있는 내게는 여친이 없고, 여친 사진 잘 못 찍는 청년에게는 여친이 있고. 신은 공평하신 걸까 불공평하신 걸까?

멀리 건물 사이로 여행자를 태우고 광장 쪽으로 다가오는 마차를 봤다. 마차가 골목 사이로 떨어지는 빛과 마주하기를 한동안 기다렸다. 내가 보고 있는 저 빛은 과거다. 태양을 출발한 빛이 지구에 도달하기까지 8분, 내가 현재라고 믿는 시간에 8분 전의 과거가 숨어 있는 것이다. 그러나 나는 엉뚱한 상상을 해본다. 저 빛은 중세 시대에서 왔다고. 8분 전이 아니라 중세 시대 때 출발한 빛이 이제서야 도착했다고. 이렇게 해야 저 반짝반짝 빛나는 레몬 빛을 설명할 수 있다고 말이다.

고대(古代)의 레몬 빛을 간직한 몰타의 고도(古都) 임디나에서
나는 현재 속의 과거를 발견했다.

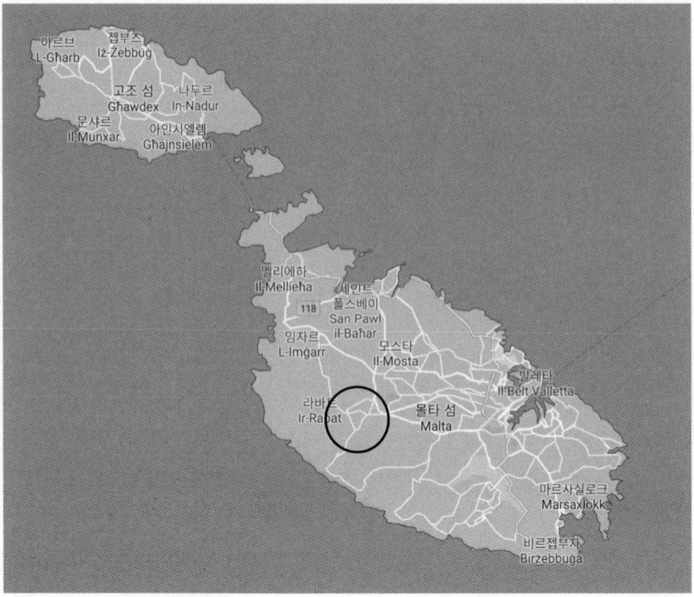
아르브
L-Għarb
젭부즈
Iż-Żebbuġ
고조 섬
Għawdex
나두르
In-Nadur
문샤르
Il-Munxar
아인시엘렘
Għajnsielem
멜리에하
Il-Mellieħa
118
세인트
폴스베이
San Pawl
il-Baħar
임자르
L-Imġarr
모스타
Il-Mosta
발레타
Il-Belt Valletta
라바트
Ir-Rabat
몰타 섬
Malta
마르사실로크
Marsaxlokk
비르젭부자
Birżebbuġa

¢ 성 바울 카타콤 (St. Paul's Catacombs)

- 입장료 : 18세~59세

  성인 5 유로 / 6세~11세 어린이 2.5 유로 / 학생 3.5 유로

- 운영시간 : 9시30분~17시 (월~토)

- 휴관 : 12월 24, 25, 31일 / 1월 1일 / Good Friday

¢ 성 바울 대성당 및 박물관

- 입장료 : 성인 10 유로 / 12세 이하 무료 / 학생 및 경로 우대 8 유로

- 운영시간 : 9시 30분~16시 45분 (월~토) / 15시~16시 45분 (일, only Cathedral)

- 기타 : 온라인 티켓 예매 가능

- 홈페이지: www.metropolitanchapter.com

사람의 향기_마사슬록, 선데이 피시 마켓

몰타에서 맞이한 첫 일요일 아침. 눈 뜨자마자 용수철처럼 튀어 올라 떠날 채비를 한다.

대한민국에서 독거 총각의 일요일 아침은 게을렀다. 평일처럼 잠이 깼더라도 한참을 뒹굴뒹굴하다가 부스스 일어나서는 과자 부스러기를 우걱우걱 밀어 넣곤 했다.
그러나 발레타에서는 사뭇 달랐다. 아침 7시 30분에 출발하겠다고 택시를 예약했기에 호텔 조식을 먹을 생각조차 못 하고 서둘렀다. 예약한 택시는 약간 늦게 왔고 나는 마치 부지런한 사람인 척 운전기사에게 투덜거렸다.

“늦게 오시면 어떻게 해욧! 마사슬록(Marsaxlokk)까지는 시간이 얼마나 걸리나요?”

“미안합니다. 20분 정도 걸려요. 그런데 거기 뭐 보러 가세요?”

“선데이 피시 마켓(Sunday Fish Market)이요”

마사슬록(Marsaxlokk)에서는 일요일마다 ‘선데이 피시 마켓’이라 하는 물고기 장터가 오전 7시경 개장해 오전 10시쯤 폐장한다.

“거기는 피시 마켓뿐만 아니라 전통 시장이 함께 열려요. 전통 시장 쪽에 내려 줄게요. 그곳부터 보면 좋아요.”

여행하기 전 아무리 꼼꼼하게 정보를 취합한다 해도 허술한 점이 있기 마련. 물고기 장터와 전통 시장이 함께 열린다는 건 내가 알아내지 못한 정보였다. 아침부터 부지런 떤 보람이 있는 것 같다.

마사슬록의 전통 시장은 화려했다. 빨간 사과, 노란 모자, 파란 머리띠 등 저마다의 색을 뽐내며 늘어선 상품들을 보다가 어느 가게 한구석에 하나 가득 쌓인 사탕을 봤다. 순간, 학창 시절 국어 교과서에 읽었던 〈이해의 선물〉이라는 수필이 생각났다. 대여섯 살 난 어린이가 홀로 사탕 가게에 가서 사탕을 사면서 돈 대신 은박지에

Chupa Chups
REBAJAS
SALE
INDIRIM
ISPARD
SOLDES
95c

싼 버찌 씨를 내밀었다. 사탕 가게 주인 위그든 씨는 아이를 야단치지 않고 오히려 거스름돈을 쥐여 줬다. 아이는 어른이 되어 열대어 판매점을 열었다. 어느 날 어린 남매가 찾아와 열대어를 사면서 한참 부족한 돈을 냈다. 그때, 그 옛날 위그든씨의 배려가 생각나 본인도 아이들에게 거스름돈을 주고 그들의 순수한 마음을 지켜 줬다는 이야기다.

아마도 그때 어린 아이가 본 사탕이 바로 이런 사탕이었을까 하는 상상을 해보고 나도 은박지를 내밀면 저 사탕 가게 사장님은 어떻게 반응할까? 잔돈을 거슬러 줄까? 아니면 나를 야단칠까? 엉뚱한 생각을 하다가 '아차, 경찰 부르지 않으면 다행이겠구나' 하며 현실로 돌아온다. 꿈나라에 간 아기에게 줄 장난감을 골라보는 엄마, '이거 한 근에 얼마예요~'라고 물어보는 듯한 아저씨, 번개 같은 손놀림을 보여줄 준비를 마친 빵집 사장님, '하나 더 넣어 줘~', '아휴, 더 드렸거든요~' 하며 대화를 나누는 듯한 고객과 상인을 뒤로하고 피시 마켓 쪽으로 간다.
바다 냄새가 나기 시작한다. 여기서부터 피시 마켓인가 보다. 어떤 아주머니는 나를 거들떠보지 않고 다른 사람에게 생선을 들어 보이며 흥정을 붙인다. 아침부터 카메라를 들고 다니는 외국인은 결코 생선을 사지 않음을 잘 알고 있는 듯하다. 비닐봉지에 집중하고 있는 어느 아주머니의 손에는 고객에게 더 줄 것인지 아니면 정량대로 줄 것인지 궁금한 새우가 한 움큼 들렸다. 으스스한 빨간색을 띠는 물고기는 자기 죽음이 억울하다는 듯 눈을 크게 뜨고 있기에 그의 영정 사진이라 생각하고 찰칵~찍는다.
실은, 마사슬록으로 오기 전에 시장의 생생한 현장과 인물을 촬영하겠다고 미리 생각해 뒀었다. 우리나라에서는 자연스러운 시장 풍경을 촬영하기가 어려운 편이지만, 해외에서는 더욱 쉽게 촬영할 수 있기 때문이다.

사진은 기다림이라 하던가? 기다림 끝에 기회가 왔다.
생선을 손질하는 어느 아주머니, 이를 지켜보는 소년. 현장 학습 중일까? 계속 지켜보던 소년은 드디어 생선을 손질하기 시작했다. 일요일에는 친구들과 놀거나 PC방에서 게임을 할 수도 있을 법한데 비린내 나는 생선을 손질하는 모습이 대견하다.

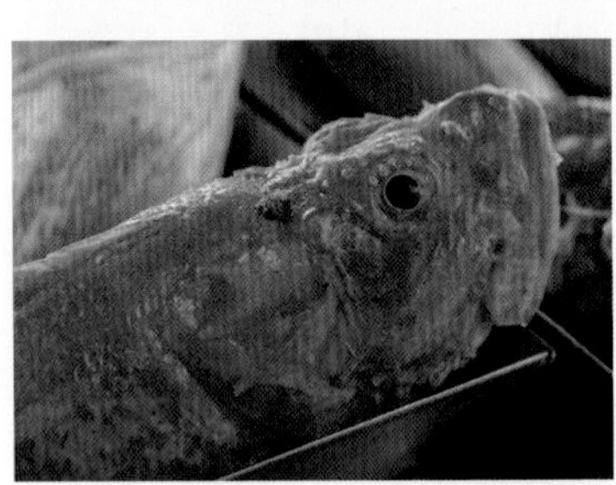

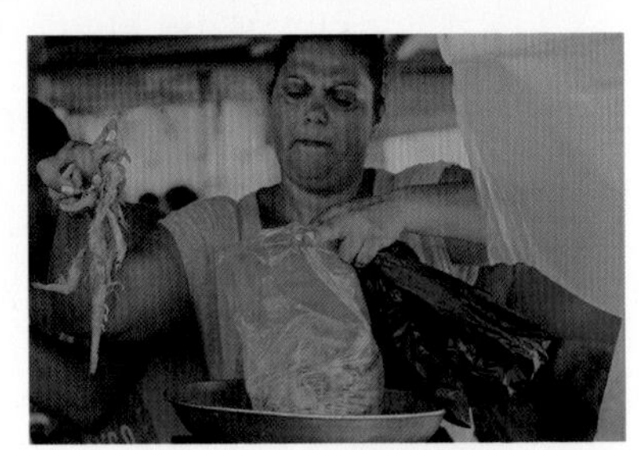

BOSTON

또 다른 기다림 끝에 천진난만하게 웃는 할아버지를 찍었다. 할아버지는 어느 할머니를 바라볼 때마다 웃는다. 그러고는 고객에게 '제 아내예요'라고 소개한다. 온전하게 사랑 한 번 못 해본 사람이 보기에도 할아버지의 웃음은 '사랑'이다. 그것은 보는 이의 마음마저 연분홍색으로 물들인다. (이런 장면을 보면 결혼해볼 만도 하겠다는 생각이 든다)

어느새 오전 10시가 지났다.피시 마켓 상인들은 차츰차츰 가게 문을 닫는다. 생선을 거의 다 팔았기 때문일까? 짭조름한 냄새가 약해진다. 장바구니에 생선을 담던 사람들도 하나 둘 사라지고 조금 전까지 구경하던 여행자들은 바닷가를 배경으로 사진을 찍거나 항구를 둘러본다. 이제는 사람 냄새가 나는 것 같다. 매주 일요일, 마사슬록에서는 생선 냄새보다 진한 사람의 향기가 난다.

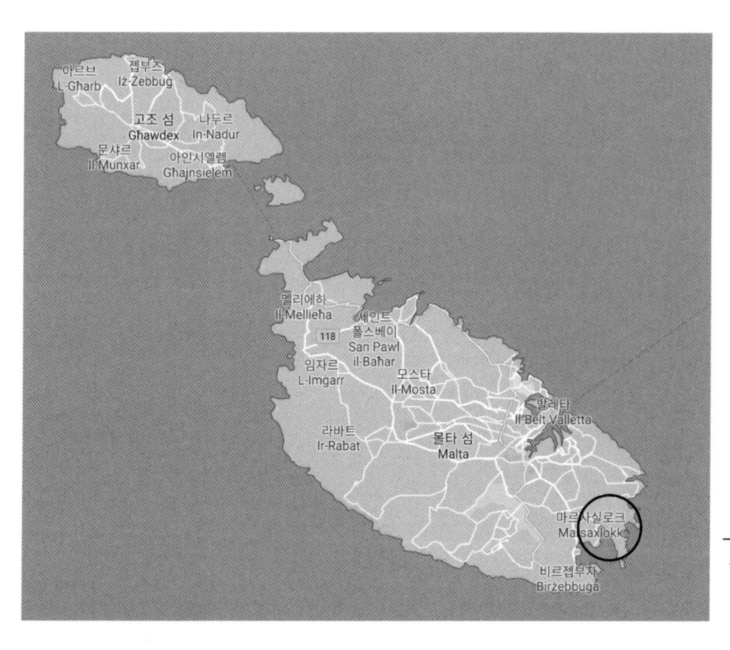

¢ 발레타 → 마사슬록

- 택시 : 가장 효율적인 이동 수단. 소요 시간 편도 20분, 비용 20유로
- 버스 : 가장 비효율적인 이동 수단. 소요 시간 60분

  1회 환승 필요. 구글 맵 활용

몰타의 낙화암 _ 세인트 피터스 풀

"아니 글쎄, 돌아오는 배가 언제 언제 있냐고요?" 벌써 10분째 같은 질문 또 하고 단어 바꿔서 또 물어보고 다른 표현으로 또 물어봐도 내가 원하는 답변은 들을 수가 없다.

선데이 피시 마켓을 뒤로하고 내가 가려는 곳은 '세인트 피터스 풀 (St. Peter's Pool)'이라는 천연 다이빙장이다. 한국에서 얻은 정보로는 마사슬록(Marsaxlokk)에서 이곳까지 이동하려면 택시를 타거나 렌터카를 이용할 수밖

Pretty Bay
Boat Trip
S-12843
LUCY BROWN

에 없고 편도 40분 정도 걸린다 해서, 너무나 비효율적인 동선을 걱정하고 있었다. 그런데 피시 마켓을 둘러볼 때 세인트 피터스 풀까지 왕복하는 보트가 있다는 포스터를 봤고 '역시 현장에 답이 있어'라며 의기양양했건만, 여전히 필요한 정보를 얻지 못하고 있었다. 내게는 '세인트 피터스 풀'에서 출발하는 배 시간이 중요했다. 나는 그곳에서 멋진 사진을 찍고 싶고 그러려면 카메라를 펼쳐 놓고 기다릴 수 있는 시간이 충분해야 한다. 그러므로 배가 언제, 몇 시간 간격으로 출발하는지 시간대를 미리 알아 둬야 상황에 대처할 수 있다. 그런데 보트 회사 직원들은 돌아오는 배의 다양한 시간대를 내게 알려 주지 않고 그곳에 다녀오는 데 1시간 정도 소요된다고만 되풀이하고 있으니 답답할 수밖에.

나를 태운 작은 보트가 달린다. 세인트 피터스 풀까지 10분 정도 걸린다고 한다. 뱃사공 아저씨에게 물어본다. 이 배가 세인트 피터스 풀에서 몇 시에 떠나느냐고.
"한 시간 후인 13시 45분까지 선착장으로 오세요."
"내가 한 시간 넘게 촬영할 수도 있는데요."

"세인트 피터스 풀은 아주 작은 곳입니다. 한 시간이면 충분히 촬영해요."

'어휴, 그건 아저씨 생각이지요….' 라고 마음속으로 답하면서 걱정을 멈추지 못한다. 촬영에 한 시간이 걸릴지 그 이상이 걸릴지는 내게 달린 일인데 뱃사공 아저씨 마음대로 한 시간이면 충분하다니….

'대체, 여긴 왜 이럴까?' 작은 배는 나를 바위 위에 내려놓았다. 지금까지 봐 온 레몬색의 매끈한 바위가 아니라, 과거에 용암이 흘렀는지 매머드가 밟았는지 추측조차 어려운 흔적을 지닌 회색 바위다. 이래서야 예쁜 사진을 찍을 수 있을까? (독자들도 다음 페이지의 발자국 사진을 보면 내 심정이 이해가 될 것이다)

몰타에 온 후 이제까지 하지 않던 걱정을 몰아쳐 가며 앞으로 계속 걸어가니 자연 그대로의 다이빙 풀(Pool)이 나타난다. 그리 높아 보이지도 않고 바다이 보이는 바닷물 또한 아주 깊어 보이지는 않는다. 물론 내가 저곳에서 다이빙하려 들면 아찔하겠지만.

1

2

1. 매머드 발자국 일까?　2. 궁금증을 자아내는 회색바위들
3. 세인트 피터스 풀(St. Peter's Pool)　4. 상쾌한 풍경

3

4

그런데, 왜 피터(Peter) 베드로의 풀일까? 이름의 유래를 찾아보았으나 내 영어 실력이 짧아서인지 검색 능력이 부족해서인지 답을 구하지 못했다. 약간의 부끄러움을 느끼지만 이번에도 모르는 건 모르는 채로 놓아둔다. 수영복을 갖고 오지 않는 나는 5m 남짓한 높이의 암석 위에서 뛰어내릴 생각은 못 하고 군살 없는 복부를 자랑하는 이들의 다이빙을 촬영한다. 다행히 자신은 사진 찍히기 싫다며 내게 항의하는 사람이나, 여기서 이러면 안 된다며 촬영을 막는 사람은 없다.

'낙화(洛花)로구나….'

손잡고 함께 바다로 뛰어드는 아버지와 딸, 때로는 과감하게 혹은 소심하게 떨어지는 선남선녀를 보면서 백제의 낙화암을 떠올렸다. 3천 궁녀 이야기는 정사(正史)가 아닌 꾸며낸 이야기라 하지만, 세인트 피터스 풀에서 다이빙하는 사람들은 봄바람에 흐드러지게 떨어지는 벚꽃처럼 아름다웠다.

보트 출발 시간이 다 되었다. 뱃사공 아저씨가 말한 대로 촬영하는 데 거의 한 시간 걸렸다. 촬영 시간과 배 시간의 조화를 걱정하던 나의 마음은 실제로는 교만이었음을 깨닫는다. 내가 여행 좀 해봤다고, 사진 좀 찍어 봤다고 으스대며 사람을 믿지 못한 것이다. 여행 또한 겸손해야 하거늘…, 부끄럽다.

욕심을 덜어내고 마사슬록으로 돌아오면서 아까는 알아차리지 못했던 몰타의 문화가 눈에 들어온다. 내가 탄 보트는 루쯔라고 불리는 몰타의 전통 배(船)로 작은 눈동자가 뱃머리에 그려져 있다. 이는 바다의 위험으로부터 배를 지킨다는 의미라 한다.
루쯔처럼 눈동자가 그려진 배를 모로코를 소개하는 방송에서 본 적이 있다. 몰타에서 아프리카 대륙까지 그리 먼 거리가 아니니 그곳의 문화가 몰타까지 전해진 것은 아닐까 추측해 본다.

선데이 피시 마켓과 세인트 피터스 풀까지 여행했는데도 해는 중천에 떠 있다. 오늘의 여행을 마치려면 아직도 멀었다. 남은 오후는 몰타 기사단의 도시, 비토리오사(Vittoriosa)에서 보내야겠다.

1

2

1. 세인트 피터스 풀　2. 환상적이라고 밖에 표현할 수 없는 해변
3. '딸아, 내 손을 놓지 말아다오!'　4. 몰타의 전통 배 '루쯔'

3

4

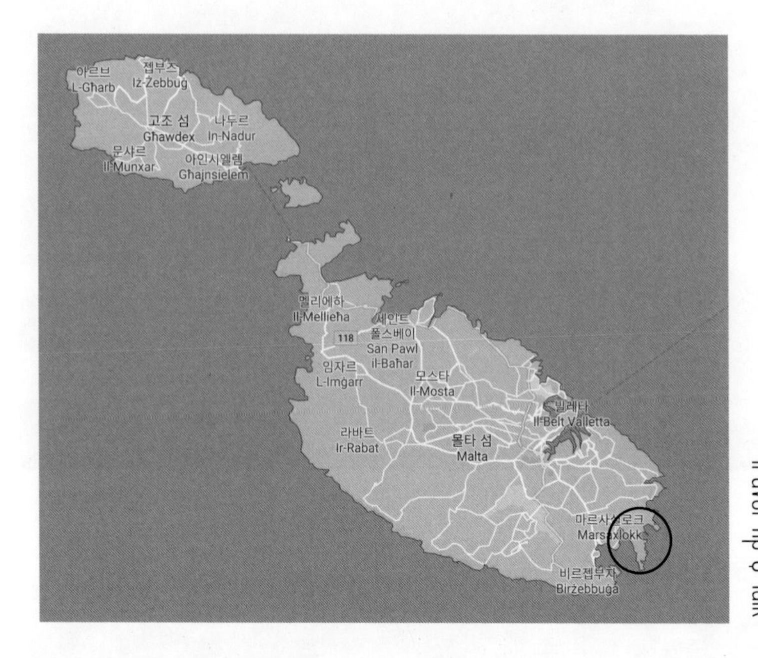

아르브
L-Għarb
젭부즈
Iż-Żebbuġ
고조 섬
Għawdex
나두르
In-Nadur
문샤르
Il-Munxar
아인시엘렘
Għajnsielem
멜리에하
Il-Mellieħa
118
세인트
폴스베이
San Pawl
il-Baħar
임자르
L-Imġarr
모스타
Il-Mosta
발레타
Il-Belt Valletta
라바트
Ir-Rabat
몰타 섬
Malta
마르사셜로크
Marsaxlokk
비르젭부자
Birżebbuġa

¢ 마사슬록 ↔ 세인트 피터스 풀

- 왕복 30분, 배 삯 10 유로
- 자동차로 왕복한다면 시간이 너무 많이 소요
- 되도록 배를 타는 것을 권장

¢ 세인트 피터스 풀 (St. Peter's Pool)

- 예쁜 카페나 맛집 없음
- 언덕 위에 매점이 있으나 물과 간식을 준비해 가는 것이 좋음

¢ 마사슬록의 레스토랑

- 해산물 요리 맛집이 많음. 그러나 가격대 높은 편.
- 피시 레스토랑 '탈타룬(Tartarun)'에서 굴 6조각과 맥주 2잔, 27 유로

3 장.

솔직한 신비주의

비밀을 갖고 있어야 매력 있어 보인다

쉼표 하나_비토리오사

택시 기사 아저씨는 나를 볼품없는 광장에 내려놓았다. 레몬색 건물에 희미한 회색 콘크리트 바닥은 참 안 어울린다. 몰타 기사단의 역사가 숨 쉬는 비토리오사(Vittoriosa)의 첫인상부터 데면데면하니, 멋진 사진을 찍을 수 있을지 의구심이 든다. 마사슬록에서 숙소로 돌아가지 않고 이곳으로 온 것이 괜한 욕심이었나 싶기도 하다.

어디선가 나를 바라보는 시선이 느껴진다. 돌아보니 어느 뱃사공 아저씨가 '보트 투어 하시죠~'라고 텔레파시를 보낸다. 이번엔 편하게 보트 투어를 해볼까 혹하는 마음이 들었으나 그래도 여행은 걸어야 제맛이라는 생각에 간절한 그의 눈길과는 반대 방향으로 걷는다.

거리에 툭툭 놓여 있는 대포를 보니 몰타 기사단과 비토리오사의 역사가 생각났다. 1048년 이탈리아의 '아말피'에 예루살렘으로 가는 순례자를 돌보는 진료소가 세워졌다. 이를 운영하던 단체가 요한 기사단이었고, 이 구호(救護) 활동으로 인해 요한 기사단은 구호 기사단(Knights Hospitaller)이라고도 불렸다.
십자군 전쟁이 진행되면서 요한 기사단은 창과 방패를 들게 되었으나 예루살렘이 함락되자 1309년 터키의 남동쪽에 있는 로도스섬으로 근거지를 옮겼다. 이에 요한 기사단은 로도스 기사단으로 불렸다. 로도스 기사단은 1522년 오스만튀르크 제국과의 전쟁에서 패배, 로도스섬을 떠났다. 그 후 1530년 신성 로마 제국의 카를 5세가 북아프리카의 해적을 소탕할 목적으로 이들을 몰타에 정착시켰다. 당시 비르구(Birgu)라는 도시에 살기 시작한 로도스 기사단은 이때부터 몰타 기사단이 된다.

1

2

1. 발레타에서 본 세인트 안젤로 요새　2. 어울리지 않는 콘크리트 바닥과 중세풍 건물
3. 대포가 흔한 비토리오사의 거리　4.그랜드 하버

3

4

몰타 기사단은 1565년 오스만튀르크 제국과의 전투에서 승리를 거뒀고 이를 기념하기 위해 비르구라는 도시 이름을 승리라는 뜻의 비토리오사(Vittoriosa)로 바꾸었다. 이후 센글레아(Senglea), 코스피쿠아(Cospicua)라는 도시가 차례로 생성되었고, 이 세 도시를 묶어 쓰리 시티즈 (Three Cities)라고 부른다.

한참을 걷는데 또 다른 시선이 느껴졌다. 조그만 자동차의 헤드라이트가 마치 사람의 눈동자처럼 '이봐, 어서 내 등에 타~'라며 메시지를 보내고 있었다. '아하, 저 차가 롤링 긱스(Rolling Geeks)라는 전기차구나.' 쓰리 시티즈를 빠르게 여행하려면 전기차를 이용하라는 정보가 생각났다. (출처 : 그럴 땐 몰타, 이세영) 그러나 운전보다 주차가 더 걱정돼 나를 쳐다보는 전기차의 헤드라이트와 눈싸움 한판을 벌이며 계속 걷는다.

보트 투어와 전기 자동차의 유혹을 뿌리친 나의 발걸음은 '세인트 안젤로 요새(Fort St Angelo)'에 닿는다. '천사의 성'이라는 뜻의 이 요새는 몰타 기사단의 본부로 사용됐다 한다. 몰타 기사단

소속의 기사 한 명이 상주하고 있고 만나볼 수도 있다고 들었으나 굳이 만나고 싶지는 않아서 곧장 요새 투어를 시작했다.

요새에서 가장 높은 곳에 올라 비토리오사의 그랜드 하버를 바라보며 잠시 마음을 가다듬었다. 센인트 안젤로 요새는 글자 그대로 요새 그 이상도 그 이하도 아니었다. 요새를 지키는 포대는 발레타에서 충분히 봤고, 요새 내부에 전시된 유물이나 영상에도 흥미를 잃었다. 전시물이나 유적 안내문을 읽어봐도 내 마음에 와닿지 않는다. 예를 들어, '안젤로 요새'에는 살루팅 벨 (saluting bell)이 하나 남았는데, 공성전이 종료됐던 1565년 9월 8일을 기념해 요즘도 매년 9월 8일날 종을 친다'고 쓰여 있다. 타종의 의미는 우리나라에서 1월 1일에 보신각 종을 타종하는 것과 크게 다를 바 없다는 생각이 들었고 '공성전 종료일'은 몰타 국민이 아닌 여행자 입장에서는 그 어떤 감동도 받을 수 없었다.

비토리오사 여행이 재미없는 이유가 무엇일까? 그 답은 쉽게 구했다. 내가 지쳤기 때문이다. 일요일 아침 일찍부터 선데이 피시

1

2

1. '나는 전기차의 헤드라이트와 눈싸움을 한판 벌렸다'　2. 세인트 안젤로 요새
3. 세이트 안젤로 요세　4. 세인트 안젤로 요새의 대포

3

4

마켓을 돌아본 후 곧장 세인트 피터스 풀로 갔다가 점심 식사는 대충 하고 비토리오사로 와서 걸어 다녔으니, 그 모든 풍경을 마음으로 받아들이지 못하고 머리로만 이해하려고 것이다. 짧은 시간에 너무 많은 것을 보려 한 잘못이다.

발레타로 돌아가기로 한다. 이번에 방문하려 했던 몰타 전쟁 박물관과 몰타 해양 박물관은 다음을 기약한다. 나중에 안 사실이지만, 몇 시간 전 택시에서 내렸던 광장이 볼품없어 보인 이유를 알았다. 비토리오사는 제2차 세계대전 당시 며칠 동안 매일 폭격을 당했고 그 때문에 중세 시대의 건물들이 심하게 훼손됐다. 전쟁 종료 후 도로와 건물을 재건하면서 중세 시대와 현대가 완벽하게 어울릴 수 없었던 것이다. (화재로 손실된 후 어색하게 복원된 숭례문이 생각났다)

코발트 블루 빛 지중해를 보니 그제야 마음이 편해진다. 마사슬록에서 비토리오사로 곧바로 오는 게 아니었다. 잠시 머리를 식히며 재충전 하고 왔어야 했다. 비토리오사에서 보낸 몇 시간은 이번 몰타 여행에서 어색한 쉼표 하나로 치렀다. 쉬려고 여행하더라도 또 다른 '쉼(休)'이 필요한 것 같다.

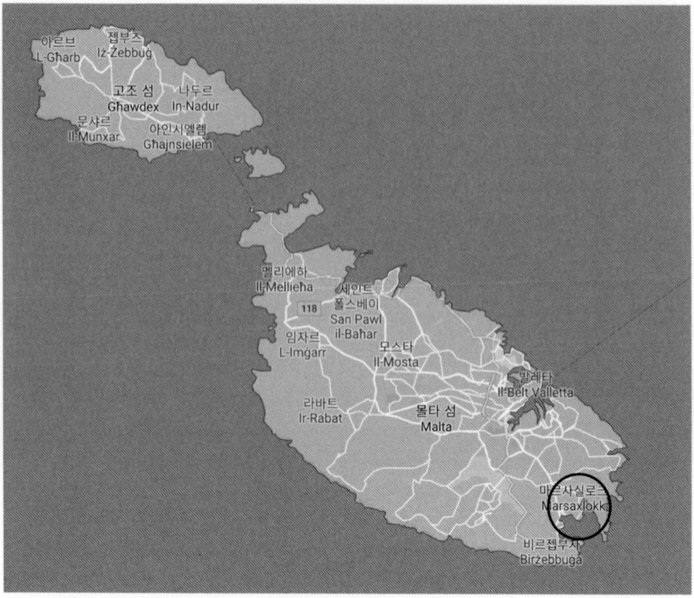

아르브
L-Għarb
젭부즈
Iż-Żebbuġ
고조 섬
Għawdex
나두르
In-Nadur
문샤르
Il-Munxar
아인시엘렘
Għajnsielem
멜리에하
Il-Mellieħa
118
세인트
폴스베이
San Pawl
il-Baħar
임자르
L-Imġarr
모스타
Il-Mosta
발레타
Il-Belt Valletta
라바트
Ir-Rabat
몰타 섬
Malta
마르사실로크
Marsaxlokk
비르젭부자
Birżebbuġa

¢ 세인트 안젤로 요새 (Fort St Angelo)

- 입장료 : 성인 8 유로
- 2 Days 티켓, 멀티 사이트 티켓 등 다양한 요금제 운영

¢ 교통편

- 편도 택시 (마사슬록→비토리오사) , 25 유로
- 편도 페리 (비토리오사→발레타), 1.5 유로 (5분 소요)
- 운항 시간대에 따라 요금 차이 있음

¢ 전기차 롤링 긱스

- 쓰리 시티즈 안에서 사용, 온라인 예약도 가능
- 홈페이지: www.rolling-geeks.com
- 2시간 30분 대여 시, 성인 인당 80~100 유로

솔직한 신비주의 _ 코미노 섬 블루 라군

"어른 한 명, 얼만가요?"

"12유로요."

"음, 그래요? 다른 데도 알아볼게요."

아침 8시, 고조(Gozo) 섬 선착장에서 코미노(Comino) 섬으로 가는 배편을 찾아보기 시작했다. 뱃삯이 10유로 정도라고 들었는데 12유로라니? 이건 바가지 상술이구나 싶어 돌아서는데 나와 흥정하던 아저씨가 깜짝 놀라며 나를 붙잡는다.

"할인해 줄게요, 5유로. 다른 사람들에겐 말

하지 마세요." 오호라, 내가 먼저 요청하지 않았는데도 절반 이상으로 깎아 주다니, 기분 최고다! 왜 그리 많이 깎아 주는지 물어보지 않았으나 아마도 내가 '마수걸이'였기 때문이리라 추측한다. 첫 손님이 그냥 가면 하루 종일 재수가 없다는 미신은 몰타에서도 통하나 보다.

몰타 본 섬과 고조 섬 사이에 있는 코미노 섬은 몰타 공화국 최고의 여름 휴양지로, 추자도 절반 크기의 작은 섬이다. 인근의 섬과 연결된 다리가 없기에 반드시 배를 타고 들어가야 하는데, 몰타 본 섬과 고조 섬에서 각각 페리를 운항하고 있다. (10월~4월 미운항)

20여 명의 여행자를 태운 배가 도착한 곳은 코미노 섬의 블루 라군(Blue Lagoon). 첫눈에 반했다. 깊은 바닥까지 훤히 보이는 바다는 연한 비취색, 늘어선 비치 파라솔은 연한 파란색, 바다를 품은 하늘은 짙은 파란색이다. 며칠 전 블루 그로토에서 봤던 파란색과는 또 다른 색감의 블루다.

'찰칵, 찰칵, 찰칵' 내 귀엔 카메라 셔터 소리만 들린다. 아무 말도 필요 없다. 그저 열심히 셔터를 누르기만 하면 된다. 블루 라군(Blue Lagoon)의 풍경은 보이는 대로만 찍으면 저절로 예쁜 사진이 된다.

아, 너무 뜨겁다. 사진 촬영에 집중하느라 계속해서 성질부리는 태양을 깜박 잊고 있었다. 잠시 그늘로 피하고 싶은데, 나무가 있는 해변도 아니고, 그렇다고 그늘을 사긴 싫었다.

"모히토 하나요~" 거금 10유로를 건네고 비치 파라솔 대신 파인애플에 담긴 모히토를 받았다(비치 파라솔 임대료는 5유로!) 살며시 웃음이 났다. 누가 봤다면 겨우 모히토 한 잔에 감격하냐며 나를 술꾼으로 오해할 듯도 한데, 실은 '모히토 가서 몰디브나 한잔하시죠~'라는 영화 대사가 생각나서 그런 것이었다.

몰디브를 아니 모히토를 쭈욱~ 들이키려는 찰나, 다른 여행자들이 블루 라군을 배경으로 모히토를 촬영하는 것을 봤다. 나도 핸

드폰을 꺼내 들고 따라 찍었다. 파란 하늘에 파란 바다, 파인애플, '파'자 돌림 인가라는 실없는 생각을 하고서는 또 한 번 실없이 웃었다.

"자, 이번엔 저쪽을 보세요."
아니, 한국어라니! 근처에서 빨간색 드레스를 입은 여성을 남성이 촬영하고 있다. 아마도 프로필 촬영을 하는 듯하다.
"한국 분이시네요. 안녕하세요?"
"예, 안녕하세요?"

서로 짧게 인사를 마치고 나는 촬영에 방해가 되지 않도록 멀찍이 떨어져 몇 컷 찍는다. 그녀는 선녀(仙女), 나는 선녀를 숨어서 보는 나무꾼이 된 것 같다. 선녀는 포즈를 취하고 나는 촬영 분위기에 취한다. 그녀가 몰타에 사는 사람인지, 아니면 어학연수를 마친 학생이 프로필 촬영을 하는 것인지 등등, 궁금한 것이 많았지만 애써 묻지는 않았다.

블루 라군의 바다를 보며 영화 〈블루 라군〉을 떠올렸다. 화면 가득히 펼쳐지는 남태평양의 푸른 바다가 매우 인상 깊었는데, 이곳의 블루는 영화의 한 장면보다 더욱 황홀하다. 어디선가 15세 때 브룩 실즈 같은 여성이 짠~ 하고 나타나지 않을까 살짝 기대했으나, 기대는 망상으로 끝났다.

신비주의 컨셉이라는 말이 유행한 적이 있다. 비밀을 갖고 있어야 매력 있어 보인다는 의미였다. 그러나 블루 라군은 자신의 속을 솔직하게 모두 보여주는 데도, 보고 또 보고 싶게 하는 매력, 아니 마력을 발산한다.

블루 라군의 '솔직한 블루'가 진정한 신비주의인 것 같다.

¢ 몰타와 영화

(1) 몰타에서 촬영한 영화

- 트로이 (Troy, 2004년)

  주연 : 브래드 피트. 올랜도 볼룸)

- 뽀빠이 (Popeye, 1980년)

  주연 : 로빈 윌리엄스, 셜리 듀발)

(2) 몰타에서 촬영했다고 오해받는 영화

- The Blue Lagoon (1980년)

  촬영지 : 남태평양 피지(Republic of Fiji)의

  나누야 레부(Nanuya Levu) 섬

  주연 : 브룩 실즈, 크리스토퍼 애킨스

- Return to The Blue Lagoon (1991년)

  촬영지 : 오스트레일리아, 피지 (Republic of Fiji)의

  태뷰니(Taveuni) 섬

  주연 : 밀라 요보비치, 브라이언 크라우스

여행의 해트 트릭 _ 코미노 섬 둘러보기

500mL 생수병의 물은 절반밖에 남아 있지 않았다. 구름 한 점 없는 하늘에서 숨을 곳이 없는 햇빛은 내 머리 위로 그대로 쏟아졌고 저 멀리 보이는 '세인트 메리스 타워'는 30분 전이나 지금이나 거의 같은 크기, 같은 모양으로 보인다. 나무 한 그루 없는 완벽한 평지에서는 가깝게 보이는 사물이 실제로는 멀리 떨어져 있다는 과학을 까맣게 잊은 채, 생수 한 병 달랑 들고 코미노 섬 투어를 나선 나의 실수였다.

루빅스 큐브(Rubik's Cube) 장난감처럼 생긴 세인트 메리스 타워는 몰타 기사단이 해적을 감시하던 탑이다. 그 앞의 비취색 바다는 크리스탈 라군(Crystal Lagoon)으로 블루 라군보다 아름답다고 들었다.

'가자, 가야 한다.' 마치 해적을 감시하는 임무를 맡은 기사라도 되는 양, 마음 굳게 먹고 다시 걸어간다. 때마침 나와 같은 방향으로 가는 몇몇 여행자들을 만난다. 정 급하면 그들에게 도움을 청할 수 있겠다고 생각하니 한결 마음이 놓이고 주변 풍경을 촬영하는 여유도 부린다.

까마득해 보이던 세인트 메리스 타워에 도착했다. 계단을 오르려 하는데 나의 걸음을 막는 쇠사슬과 빨간색 'Closed' 간판. 망루에 올라가면 코미노 섬을 둘러싼 광대한 블루 빛 바다를 촬영할 수 있을 것으로 기대했건만, 허탈함이 파도처럼 밀려온다. 안내문을 읽어보니 월요일은 문을 닫고, 4월~10월만 운영한다고 한다. 재수 없으면 뒤로 넘어져도 코가 깨진다더니 하필 오늘이 월요일이다. 사전 정보 취합을 게을리한 탓에 또 하나의 실수가 더해졌다. 타워 앞의 으스스한 건물은 중세 시대에는 막사(Barracks)로 그 후에는 병원으로 쓰였다고 하며 지금은 사유지라 한다.

'혹시 이 건물에 사람이 사는 것일까?' 코미노 섬에는 2~3명의 주민이 상주한다고 들었는데 주변에 식료품 가게 하나 없는 이곳에서 어떻게 살아가는지 궁금하다.

크리스탈 라군(Crystal Lagoon)은 글자 그대로 수정처럼 속 살이 다 비친다. 초록과 블루가 적절히 조화를 이루는 바닷물은 한 번쯤 목숨 걸고 다이빙해 보고 싶을 정도로 투명하다. 그러나 나는 블루 라군이 더 좋아 보였다. 크리스탈 라군에는 해변이 없어서 배를 타고 있지 않으면 오래 머물며 유유자적 시간을 보낼 수도 없을 뿐더러 수영할 수도 없는 곳이라는 생각이 들었기 때문이다. 크리스탈 라군은 나처럼 경비를 아껴 써야 하는 보통 여행자에게는 어울리지 않는, 귀족 티가 나는 바다 같아서 정(情)이 가지 않았다.

1

2

1. '혹시 유튜브 크리에이터?'　2. '털퍼덕 주저 앉아 한참을 기다리다 찰칵!'
3. 세이트 메리스 타워　4.'예전에는 막사, 병원이었다는데 지금도 사람이 살고 있을까?'

3

4

'블루 라군'으로 돌아왔다. 몇 시나 됐을까? 오후 3시, 아침 일찍부터 서두른 탓에 아직도 여행할 수 있는 시간이 많이 남았다. 나는 블루 라군 푸른 물에 텀벙 뛰어들기로 했다. 혹시나 하는 기대를 하고 수영복을 챙겨 오길 잘했다. 지금까지 단 한 번도 해수욕을 못 해본 내가 인생 최초의 바다 수영을 대한민국이 아닌 몰타에서 해보다니 이 또한 여행이 주는 재미인 것 같다.

바다 수영은 생각보다 어려웠다. 바닷물에서는 몸이 저절로 둥둥 뜨는 줄 알았는데 그것은 나의 무지(無知)의 소치였다는 걸 금방 깨달았고 도수 높은 안경을 낀 채 헤엄친다는 것이 꽤 고생이라는 것도 알았다. 주제 파악하고 나의 발이 닿는 곳에서 물장구를 치고 있는데 어느 순간 팔목이 따끔따끔하고 가렵다. 팔목에는 연한 갈색의 가느다란 미역 줄기 같은 것이 더덕더덕 붙었다. 살살 긁어내는 정도로는 잘 떨어지지 않아서 잡아 뜯어내야 했다. 그것이 붙어 있던 자리가 붉게 부어오르고 화상을 입은 듯 쓰리며 모기에게 물렸을 때처럼 간질간질했다. 코미노 섬에는 병원도 약국도 없으니 고조(Gozo) 섬으로 빨리 돌아가야겠다 싶어서 생애 최초 바닷물 수영을 서둘러 마쳤다.

“해파리에 쏘인 것 같네요.”

“예? 그럼 저는 이제 죽나요?” 고조(Gozo) 섬으로 돌아와 약국에 가서 팔목을 보여줬더니 해파리에 쏘였다 한다. 벌 또는 해파리에 쏘이면 '아나필락시스 쇼크'로 사망할 수도 있다고 알고 있기에 겁이 덜컥 났다. 이역만리 몰타까지 와서 결국 총각 귀신이 되는구나 싶어 서글퍼졌다. “이봐요, 이 약이나 발라요.” 약사 선생님은 나의 물음을 가볍게 무시하고 로션과 연고제를 건넨다. 다행이다. 나는 해파리에 쏘여 죽을 팔자는 아니었구나. 제법 비싼 약 값을 매우 기쁜 마음으로 지불하고 숙소로 돌아왔다.

난생 처음가 본 코미노 섬에서 생애 최초 해수욕을 했고 생애 최초로 해파리에 쏘였으니 이를 이번 여행의 해트 트릭(hat-trick)이라 해도 될까? 앞으로 혹시나 생애 최초 신혼여행을 할 기회가 있다면 코미노 섬으로 와야겠다. 그러면 여행의 그랜드 슬램(grand slam)을 달성했다고 할 수 있을지도 모르니까.

2

1. 녹색 빛의 크리스탈라군　2. 크리스탈라군의 배들

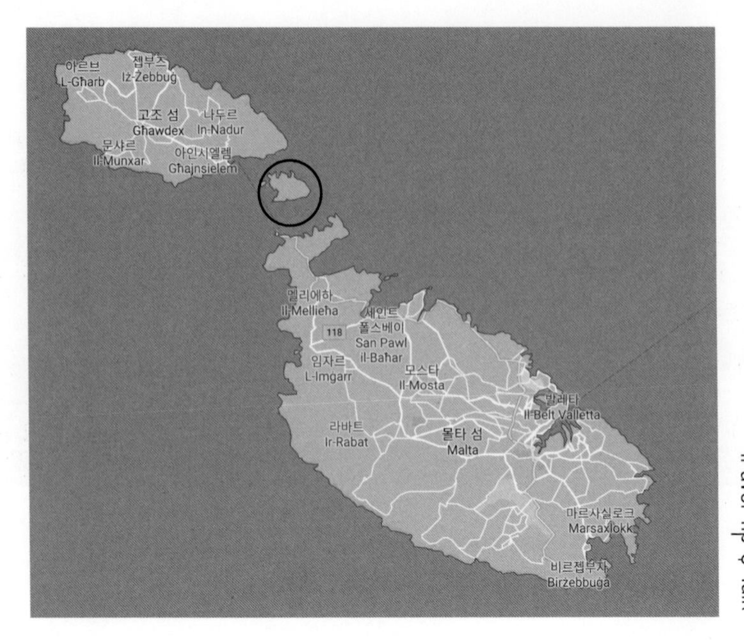

아르브
L-Għarb
젭부즈
Iż-Żebbuġ
고조 섬
Għawdex
나두르
In-Nadur
문샤르
Il-Munxar
아인시엘렘
Għajnsielem
멜리에하
Il-Mellieħa
세인트
폴스베이
San Pawl
il-Baħar
118
임자르
L-Imġarr
모스타
Il-Mosta
발레타
Il-Belt Valletta
라바트
Ir-Rabat
몰타 섬
Malta
마르사실로크
Marsaxlokk
비르젭부자
Birżebbuġa

¢ 코미노 섬 페리

- 5월~9월만 운영. 왕복 10유로 수준

¢ 블루 라군 코인 라커

- 코인 라커 있음 (17시 30분까지) 작은 라커 5유로
  (카메라 가방 하나 넣으면 꽉 참)
- 큰 라커 8유로 (큰 바구니에 넣고 사람이 지킴)

¢ 그늘

- 파라솔 임대, 5유로 / 벤치 임대, 7유로

¢ 코미노 섬 물가

- 생수 500mL : 1.5유로
- 모히토 칵테일 : 10유로 (잘라낸 파인애플 속살은 달라고 해야 줌)

순삭된 드라마 촬영지_아주르 윈도우

'타르가르옌'의 대너리스는 '도트라키'의 왕 칼 드로고와 결혼하게 된다. 결혼식 날, 대너리스와 칼 드로고 앞에서 축제가 진행되고 대너리스는 이날 처음으로 용의 알을 본다.

HBO의 드라마 〈왕좌의 게임(Game of Thrones)〉 에피소드 1-1의 한 장면이다.

몰타의 고조(Gozo) 섬에는 〈왕좌의 게임〉의 도트라키 왕국 촬영지로 유명한 랜드 마크가 있었다. 웅장하고 아름다운 바위, 아주르

윈도우(Azure Window)가 그것이다. 그런데 중앙 유럽 표준시(CET) 기준으로 2017년 3월 8일, 폭풍이 몰아친 이 날 '아주르 윈도우'는 순식간에 삭제됐다.

'아주르 윈도우'는 푸른 창(窓)이라는 뜻이다. 가운데 큰 구멍이 창문을 닮았고 그 사이로 푸른 바다가 보인다고 하여 얻은 이름이다. 오랜 세월 풍화 작용으로 언젠가는 무너지겠다고 예상됐다 한다. 그러나 정말로, 폭풍 한 방에 와르르 무너지다니… 대자연(大自然)의 힘이 무섭다.

이곳에는 여러 경고문이 놓여 있는데, 알고 보니 아주르 윈도우가 존재할 때 설치했던 것을 지금까지 방치해둔 것이었다. 아주르 윈도우 영역을 넘어서 돌아다니는 것은 불법이라고 하는 것을 봐서는 이곳의 지질이 단단하지 않은 편으로 언제든 침식될 수 있는 위험이 많은 것 같다.

아주르 윈도우가 사라진 지금에도 여행자들은 계속해서 이곳을 찾는다. 왜 그럴까?

아마도 고조(Gozo) 섬을 상징하던 랜드마크가 허무하게 무너진 스토리에 마음이 아프고, 무너지기 전에 이곳에 와 보지 못했던 것이 한(恨)이 되어 그럴 수도 있겠다 싶다.

인간은 하루하루 살아갈수록 하루하루 죽음에 가까워진다는 역설을 안고 살아가지만, 자연(自然)은 오래 가는 줄 알았다. 그러나 아주르 윈도우 사례를 접하고 보니 인간이나 자연이나 매한가지라는 생각이 들었다. 지구상의 모든 것들은 변해가는 것이다.

변할 수밖에 없는 것이 삶이라면, 이왕지사 긍정적으로 살아보자고 다짐한다.

1

2

1. 무너지기 전의 '아주르 윈도우' (구글 이미지)
2. 무너진 '아주르 윈도우' (필자 촬영)

3

4

3. 아주르 윈도우가 무너지기 전에 설치되었던 경고문들
4. 드라마 〈왕좌의 게임〉의 한 장면 – 뒤편에 아주르 윈도우가 보인다

아듀(adieu)

아주르 윈도우

푸른 바닷속에서 육지를 바라보는

또 다른 윈도우를 만들었기를…

블루 홀 (Blue Hole)

바닷물 호수_블루 홀

바닷물은 짭짤하고 호수는 싱겁다. 강물이 바다와 만나는 접점이 있고 아라비아 반도에는 바닷물로 채워진 사해(死海)가 있으나 흐르는 바닷물이 고인 '바닷물 호수'란 논리적으로 말이 안 된다. 그러나 몰타의 고조(Gozo) 섬에는 바닷물 호수가 존재한다.

천연 바위가 방파제처럼 푸른 물을 둘러싸, 지름 10m, 깊이 25m의 물구덩

이를 만들었다. 이 구덩이의 이름은 보이는 그대로 블루 홀(Blue Hole)이라 한다. 마치 사방이 막힌 것처럼 보이지만, 8m 아래에 해저 동굴로 짭조름한 바다와 연결되어 있다. 그뿐만 아니라 수심 4m 지역에는 산호 정원도 있다 한다. 바닷물이 들어왔다 나갔다를 반복하는데도 바위로 둘러싸여 물구덩이가 되었으니 이게 바닷물 호수가 아니면 무엇이란 말인가!

블루 홀은 전 세계 다이버들에게 천국과도 같은 곳이라 하는데, 내가 사진을 찍고 있는 동안에도 산소통과 오리발 등 전문 장비를 갖춘 여러 명의 다이버들이 들락거렸다. 왠지 블루 홀의 바닷속에서 카메라를 들이대면 영화 〈그랑 블루〉 같은 장면들이 저절로 찍힐 것 같다. 내가 만약 다이브 자격증을 취득해 다시 이곳으로 온다면 수중 굴을 따라 바다로 나가서 깊고 묵직한 '블루'를 볼 수 있을지 궁금하다.

블루 홀 옆에는 수심 낮은 바다가 있어서 다이버가 아닌 일반 여행자들도 물장구를 치며 즐겁게 시간을 보내고 있다. 마음 같아서는 나도 내려가서 바닷물에 발을 담그고 싶었지만 귀차니즘에 빠

져서 카메라 셔터만 눌렀다.

아쉽다. 누군가와 함께 왔다면 바다에 몸을 담근 채 저 깊은 블루 컬러를 온몸으로 체험했을 텐데. 사진이 아무리 좋다 한들 한 번의 체험보다 좋을 수 있을까? 하지만 아쉬움이 남아야 여행이다. 그래야 다음 여행을 기약할 수 있기 때문이다.

그리 머지않은 미래, 나는 블루 홀에서 다이버가 되리라.

레몬 블루 모자이크 _ 위에니베이 염전

"더는 탈 수 없습니다. 다음 차 타세요."

안된다. 이 버스를 놓치면 안 된다. 다음 버스는 1시간이나 지난 뒤에야 온다. 몰타 공화국의 시내버스 탑승객 정원은 약 42명, 버스 기사는 정원이 찼다는 생각이 들면 버스를 세우고 탑승객 수를 센다. 하차하는 승객이 없다면 더 태우지 않고 버스 정류장을 그냥 통과한다. 도시 외곽은 배차 간격이 보통 1시간이라서 버스를 놓치면 대략 난감해진다.

"저… 한 명인데 안 될까요? 캐리어도 없고 배낭 하난데요."

"그래요? 그럼 타세요."

다행이다. 하소연 작전이 통했다. 내 뒤에서 문이 닫히고 버스는 위에니베이 염전(Xwieni Bay Salt Pans)으로 향한다.

예전부터 꼭 촬영하고 싶어 한 것 중 하나가 염전(Salt Pans)이다. 파란 바닷물이 얕게 깔리고 그 위에 얼음 가루 같은 하얀 소금이 펼쳐진 풍경. 쨍쨍한 햇볕에 얼굴을 수건으로 가리고 하얀 결정체를 채취하는 모습. 흔하다면 흔하다고 할 수 있는 풍경을 나는 왜 그리 찍고 싶은 것인지, 내 마음을 나도 모르겠다.

혹시 소금 채취 장면을 촬영할 수 있을까 싶어 일부러 태양이 이글거리는 오후 2시경 발길을 옮긴다. 시내버스에서 내려 15분 정도 걸어가는 동안 머릿속에는 물음표가 땡땡땡 찍힌다.

우리나라의 '곰소 염전'이나 '동주 염전'은 마을 중심지로부터 떨어진 지역에 있는데, 고조 섬의 염전으로 가는 길은 반짝반짝 아스팔트가 덮이고 현대식 건물도 많다. 과연 이런 지역에 염전이 존재할까?

1

2

1. 염전으로 가는 길에 만나는 풍경 2. 근처에서 수영하는 사람들
3. 위에니베이 염전 4. 염전의 표지판

3

Ministry For Gozo
"Sea - salt production has a long history on the island of Gozo. The rock-cut saltpans protruding into the sea have their origin from the times of the Romans, who converted the unsorted pans into square constructions and furnished them with an irrigation system. Today, a number of families in Gozo still uses the natural way of salt production to produce this commodity. The salt pans are filled with sea water. When the water is evaporated in the bowls, the film of salt is harvested. Salt production takes place between May and September."
*Do not pass or stroll through **Salt Pans**
*Do not litter in **Salt Pans**
*Do not wash clothes or anything in **Salt Pans**

4

지중해의 태양 때문에 머리는 화끈, 발바닥은 뜨끈, 막 짜증이 폭발할 즈음에 염전 표지판을 봤다. 표지판에는 로마 시대부터 소금을 채취했고 요즘도 몇몇 가족들이 5월부터 9월 사이에 전통적인 방법으로 소금을 채취한다고 쓰여 있다.

드디어 내 눈앞에 염전이 펼쳐졌고, 할아버지 한 분이 염전에 물을 대고 있었다. '저분은 5대째 염전을 일구고 있다는 세 가족 중의 한 분일까? 내가 물을 대보겠다 해볼까?' 그러나 생각은 생각일 뿐. 그냥 사진만 찍기로 한다.

여러 장의 사진을 찍는 동안, 소금 채취하는 모습은 찾아볼 수 없다. 할아버지는 계속해서 염전에 물 대기만 한다. 이번에도 원하는 장면을 촬영하지 못하니 답답하다. 염전에 관련된 공부를 게을리하고 무작정 찾아온 내 탓이다.

시간이 얼마나 흘렀을까?
오랜 시간 촬영하다 보니 착시 현상이 일어난 것일까?

염전 전체가 레몬과 블루 모자이크로 이뤄진 듯하다.

지나가던 커플의 남성이 내 카메라를 가리키며 가격이 얼마인지 물었다. 몇백만 원이라고 답했더니 그의 얼굴이 시무룩해진다. '그냥 비싼 거라고만 할 걸 그랬나?' 잠깐 생각하는 사이 그 커플은 떠났다. 커플의 뒷모습은 레몬과 블루 모자이크로 보였다. 레몬과 블루가 만난 '위에니 베이 염전'처럼 그들만의 염전을 만들어 가기를 바란다.

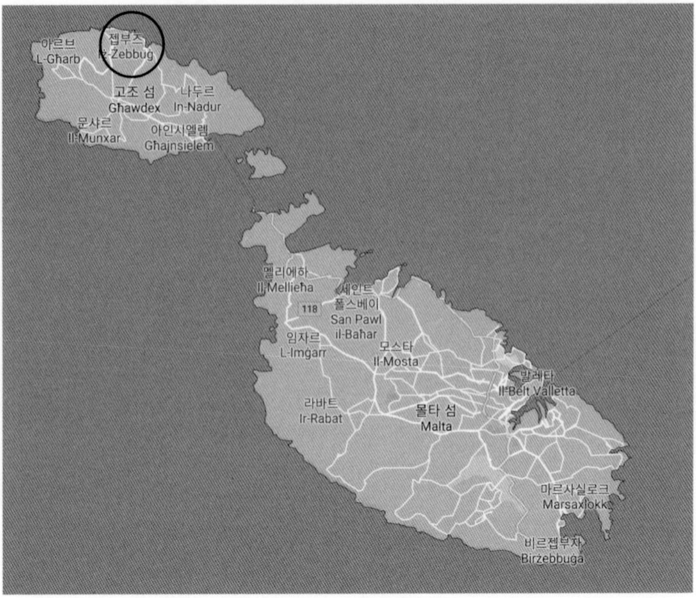

아르브
L-Għarb
젭부즈
Żebbuġ
고조 섬
Għawdex
나두르
In-Nadur
문샤르
Il-Munxar
아인시엘렘
Għajnsielem
멜리에하
Il-Mellieħa
118
세인트
폴스베이
San Pawl
il-Baħar
임자르
L-Imġarr
모스타
Il-Mosta
발레타
Il-Belt Valletta
라바트
Ir-Rabat
몰타 섬
Malta
마르사실로크
Marsaxlokk
비르젭부자
Birżebbuġa

¢ 위에니 베이 염전

- 교통편 : 시내버스 310번 (20분 소요) + 도보 10분 소요

- 염전 옆 작은 동굴에서 소금 판매함.

4장.

오렌지색의 비밀

맨발로 모래를 밟으며 오렌지색의 비밀을 풀었다

거인이 만든 신전_주간티아

예전에 유행했던 이야기 하나.

아버지와 아들이 사고를 당해 아버지는 사망하고 아들은 중상을 입었다. 아들이 병원으로 실려 갔는데 외과 의사는 "이 아이는 내 아들이라서 내가 수술할 수 없소."라고 했다. 어떻게 된 일일까? 답은 외과 의사가 그 아들의 어머니였다는 것인데, 외과 의사는 으레 '남성'이라는 고정 관념을 갖고 있다면 얼른 답을 찾지 못할 수도 있다. 그렇다면 의사가 아닌 거인(巨人)은 어떨까? 나의 경우에는 〈그리스 로마 신화〉에 나오는 외눈박이 거인, 그리고 〈성경〉에 나오는 거인 병사 골리앗이 남성이었기에 거인이라 하면 으레 남성이 연상된다. 그런데 고조 섬에는 여성 거인 스스로 세

웠다는, 돌로 만들어진 신전(Temples)이 있다. 이름하여 '주간티아 신전(Ggantija Temples)'. 1980년 유네스코 문화유산에 등재되었다.

고조 섬 시내버스 322번이 나를 내려놓은 곳은 어느 주택가. 이곳에는 청동기 시대에 만들어진 신전이 있어야 하는데 어디를 둘러봐도 사람 사는 동네일 뿐. 신전은커녕 바위 하나 안 보인다.

구글 지도를 켜고 이리 갔다 저리 갔다 몇십 분 헤매다가 신전 입구가 어딘지 겨우 이해했다. '신전 입구를 무슨 사무실 건물처럼 만들어 놨지?'라고 투덜거리며 건물 안으로 들어서자 매표소와 함께 작은 전시장이 보인다. 전시된 글을 읽어 보니 주간티아 신전은 지금으로부터 무려 5600여 년 전인 기원전 3600년에서 3000년 사이에 지어졌다고 추정되며 주간티아의 뜻은 여성 거인(giantess)이라고 한다. 거인은 남성이라는 고정 관념이 있던 나로서는 신선한 충격을 받았다. 그리고는 이내 의문이 든다. 왜 여성 거인이 신전을 지어야 했을까? 신전을 보고 나면 그 답을 얻을

1

2

1. '버스 정류장 앞에서 아무리 둘러봐도 신전을 못 찾겠다'　2. 신전 입구

3. '저 검은색 문을 열고 한참을 들어가야 신전이다'　4. 작은 전시장

3

Skopri l-gebel
misterjuz u ggantesk li
ilu wieqaf f'tarf l-gholja
tax-Xaghra ghal iktar
minn 5600 sena.
Arkitettura
Architecture

4

수 있을까?

전시장 내부의 검은색 문을 열자 방금 본 주택가와는 전혀 다른 풍경이 펼쳐진다. 신전은 주택가보다 낮은 지역에 있어서 보이지 않았고 매표소 건물을 통과해 아래로 내려가야 신전을 볼 수 있었다. 아마도 신전 보호 차원에서 일부러 사람들 눈에 잘 띄지 않는 지역에 지은 것 같다. 유적지를 촬영할 때는 그 근처의 자연(自然)과 어우러지게 찍어야 하는데 이 신전의 주변은 너무 황량하다. 신전의 생김새 또한 다소 실망이다. 아테네의 파르테논 신전과 비슷할 것이라고 기대하지는 않았지만, 그냥 막 되는 대로 돌덩어리를 쌓아 올린 듯해 그다지 예뻐 보이지 않는다. 아마도 여성 거인이 바윗돌을 정교하게 자르기 귀찮으니까 크기가 비슷한 돌멩이를 대충 쌓았나 보다.

신전은 북쪽과 남쪽, 두 지역으로 나뉘며 정확한 용도를 알 수 없는 반원형의 공간이 군데군데 있다. 제물(祭物)을 올리는 제단(祭壇)으로 추정되는 공간은 일반인의 키보다 훨씬 높은 곳에 지어졌다. 그뿐만 아니라 신전 외벽을 이루는 돌 중에는 무게가 약 57톤에 달하는 것도 있다 한다.

세계 7대 불가사의에 포함되는 이집트 피라미드가 만들어진 때는 약 4700년 전. 가장 큰 쿠푸 왕의 피라미드는 약 2.5톤의 사각 돌을 사용했다 한다. 그런데 이보다 1천 년이나 앞선 시기에 거대한 돌을 사용해 신전을 지었다 하니 당시의 사람들이 만들었다고는 도저히 믿기지 않는다. 그래서 고조 섬 주민들은 예로부터 내려오는 전설을 믿는다고 한다. 콩과 꿀만 먹은 여성 거인이 평범한 인간 남자와 결혼해 아이를 낳았고 본인이 직접 이 사원을 지어서 예배 장소로 사용했다는 것이다.

문득 '단군 신화'의 웅녀가 생각났다. 거인이 콩과 꿀만 먹었다는 것이 곰이 마늘과 쑥만 먹은 것과 비슷한 맥락이라는 생각이 들었다. 그리고 웅녀가 진짜 곰이 아니라 곰을 숭배하는 토템(totem) 신앙을 가진 모계중심사회의 여성으로 보는 견해도 있는데, 만약 옛날 옛적 고조(Gozo) 섬 또한 모계중심사회였다면, 여성의 관점

LA

Please touch

에서 만들어낸 이야기가 주간티아 신전의 여성 거인 신화가 아닐까 싶다.

신전을 천천히 살펴보니 돌에 쓰인 낙서가 눈에 띈다. 1840이라는 숫자는 1840년을 의미하는 것 같고 LA는 로스앤젤레스에서 온 여행자가 새긴 것 같다. 이곳이 뉴욕 지하철도 아니고 유네스코 문화유산에 낙서라니… '만약 울산 반구대 암각화에 해외 여행자들이 낙서한다면 우리는 어떻게 조치해야 할까?'라는 엉뚱한 생각도 해 본다.

이제 신전을 떠날 때가 되었다. '내가 몰타 정부의 공무원이라면 신전을 내려다볼 수 있는 전망대를 설치할 텐데....'라고 투덜거리며 신전을 나섰다.

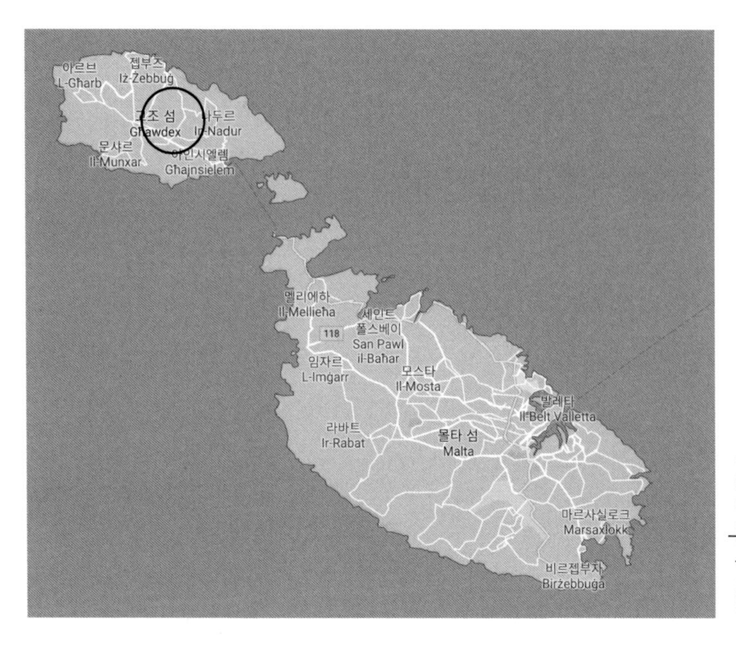

¢ 주간티아 신전

- 입장료 : 어른 9 유로 / 학생 7 유로 / 어린이 5 유로

  신전 근처에 있는 '타 콜라 풍차' 입장료 포함

- 운영 시간

  6월~10월 : 09시~18시

  11월~5월 : 09시~17시

- 교통편: 고조 섬 시내버스 322번

오렌지색의 비밀_람라 베이

'속았다.'

바닷가에 뿌려진 노르스름한 모래를 보며 나는 배신감에 빠졌다.

이곳은 고조 섬에 있는 해수욕장 '람라 베이(Ramla Bay)', 이제까지 본 몰타 공화국의 바닷가에는 모래가 없고 레몬색 바위가 가득했는데, 람다 베이에는 오렌지색 모래 해변이 있다고 해서 찾아오게 되었다. 얼마나 예쁜 색이 내 카메라에 담길까 상상하면서. 그런데 노르스름한 모래라니! 촬영 접고 숙소로 돌아가야 하나?

해운대나 꽃지 해변에 비하면 작다고 할 수밖에 없는 람라 베이. 그러나 파란 하늘과 비취색 바닷물이 유혹하니, 나는 그 유혹에 당해주기로 한다.

의자에 누워 비타민D를 보충하거나 파도를 친구 삼아 수영하는 등 저마다의 방법으로 람라 베이를 즐기는 사람들은 이방인의 카메라를 신경 쓰지 않아서 좋다. (어린 딸을 촬영해 달라고 부탁하는 아버지도 있었다)

'으응? 오렌지색 맞네? 어찌 된 일일까? 아까는 노란색이었는데.' 맨발로 모래를 밟으며 촬영하다가 오렌지색의 비밀을 풀었다. 람라 베이의 모래는 처음부터 오렌지색이 아니다. 일반적인 노란색이었다가 푸른 바닷물을 적시면 그제야 오렌지색을 띠는 것이다. 물론 과학적 근거가 부족한 나의 상상에 불과할 수 있다. 그러나 해변에 바위가 아닌 모래가 있다는 것이 람라 베이의 매력임은 부인할 수 없다.

오렌지색만 촬영하고 떠나기엔 아쉬워서 비치 파라솔의 패턴을 찾아본다.

만약 비치 파라솔이 같은 컬러, 같은 모양, 같은 방향으로 질서 정연하게 놓여 있다면 병치 혼합의 아름다운 패턴을 촬영할 수 있을 터였다. 그러나 해변 가까이 높은 지대도 없고 파라솔도 생각만큼 고르게 자리 잡지 않아 기대했던 사진을 찍지 못했다. 역시 요행을 바라서는 안 되는 모양이다.

람라 베이 근처에는 그리스 로마 신화에 나오는 칼립소 동굴이 있다 들었는데, 그곳을 찾기를 포기하고 숙소로 돌아가려 한다. 자라 보고 놀란 가슴 솥뚜껑 보고 놀란다는 속담처럼, 혹시라도 동굴 보고 실망할까 두려워서 그렇다.

나는 비밀이 드러난 람라 베이를 바라

보며 혼잣말을 했다.

‘판도라의 상자는

열리지 말았어야 했어.’

내일의 바람_시타델(citadel)

고조(Gozo) 섬에서의 마지막 날, 호텔 직원에게 물었다.

"멋진 사진 찍고 싶은데요, 어디로 가면 좋을까요?"

"시타델라(cittadella)요"

그녀는 매우 친절하면서도 자신 있게 답변했으나 나는 실망했다. 현지인만이 알고 있는 비밀의 장소를 기대했는데 내가 알고 있는 장소를 알려줬기 때문이다. (몰타에 도착한 첫날, 그때도 호텔 직원은 내가 알고 있던 장소를 권했는데, 이번에도 같은 상황이라니…)

현지인마저 한 치의 망설임 없이 여행을 권하는 곳은 고조 섬 중심부 '빅토리아'에 있는 시타델(citadel, 주민 피신용 성채)이다. 성채 내부의 뮤지엄 네 곳을 방문할 수 있는 표를 구입하고 성채 안으로 들어서니 첫 장면부터 사진 찍기가 어렵다는 생각이 든다.

성채 안으로 들어서면 정면으로 '성모 승천 대성당(Cathedral of the Assumption)'이 보이는데, 입구에서 성당까지 일직선이 아니라서 촬영 각이 예쁘지 않다. 게다가 매우 높은 곳에 있어서 수직 수평을 맞출 수가 없다(성당 맞은편에 있는 건물로 올라가서 촬영하면 좋았을 텐데, 그때는 미처 생각하지 못했다) 중세 시대를 품고 있는 도시 임디나(Mdina)처럼 적의 화살을 피하려고 일부러 비뚤비뚤하게 만든 것인지… 이런저런 방법으로 한참 동안 촬영 시도를 해보다가 잘 찍기를 포기하고 성당 안으로 들어간다.

성당 내부는 화려하지만, 이 성당의 역사는 우중충하다.
지금의 성모 승천 대성당이 있는 터에는 로마 시대 때부터 사원이 있었다. 이후 가톨릭 교회(church)가 세워졌다가 아랍의 공격으로 무너졌다. 1300년대에 교회를 재건축했으나 오스만튀르크 제

국의 공격으로 폐쇄되었고 1554년 9월에 다시 문을 열었다. 1693년에는 이탈리아에서 발생한 지진으로 건물이 유실되었고 1697년 9월~1711년 8월 사이에 지금의 모습으로 새로 건립되었다. 1864년 9월에서야 대성당(Cathedral)으로 승격되었다. 이 파란만장한 성당의 역사가 고조(Gozo) 섬의 역사이기도 한데, 섬나라 몰타 공화국이 겪은 전쟁과 수탈의 역사가 우리나라가 겪은 호란과 왜란의 역사와 겹쳐져 우울하다.

성당 밖으로 계속 이어지는 오르막길에 옷 가게가 있다. 이곳도 EBS 세계테마기행에 등장했던 곳이다. 라밧(Rabat)의 파루찬 과자점에서는 방송 이야기를 함으로써 과자 하나를 덤으로 받았지만, 이곳에서 그리하면 비싼 옷을 한 벌 사야 할 것 같아서 그냥 지나친다(안 보는 척하며 슬쩍 봤는데도 옷의 품질은 좋아 보인다).

미로 같은 길을 오르고 또 오르고, 또 오른다. 나름 빛을 고려해 몇 컷 담아 보고 석회암의 질감을 살려보려 애써 보지만, 촬영하기 쉽지 않다.

드디어 성채 정상에 도착했다. 마치 제2차 세계대전 때 나타났던 참호 같은 벽과 일직선이 아닌 구불구불한 길을 보니 시타델의 슬픈 역사가 떠올랐다. 1551년 7월, 오스만튀르크의 공격으로 섬 주민들이 이 요새로 피난했으나 결국 함락돼 약 6천 명의 주민들이 노예로 잡혔다 한다. 임진왜란 때 권율 장군이 백성들을 작은 산성으로 피신시키고 왜구와 싸웠던 행주산성의 역사와 같은 맥락이라는 생각이 들었다.

여행 다니면서 그 나라의 역사와 문화를 접하다 보면 사람 사는 곳은 어디든 비슷한 것 같다는 생각이 든다. 언제, 어느 곳에서나 사람은 서로 사랑하고 싸우고 슬퍼하며 살아간다. 서로가 욕심부리지 않고 적절한 선을 지킨다면 대다수의 사람들이 행복하게 오래오래 살아갈 수 있다는 평범한 진리를 우리는 왜 자주 잊을까? (잊고 사는 것일까? 잃고 사는 것일까?) 역사는 되풀이된다는 말의 의미가 우울하게 느껴진다.

잠시 후 고조 섬을 떠나 발레타로 돌아갈 예정. 마지막으로 성곽 길 위에서 구름 한 점 없는 파란 하늘과 고조 섬 풍경을 눈에 넣는다. '흐으읍~' 고조 섬의 향기도 크게 들이마신다. 그리고는 마치 어느 소설의 주인공이 된 듯 혼잣말을 한다.

"내일은 내일의 바람이 불겠지."

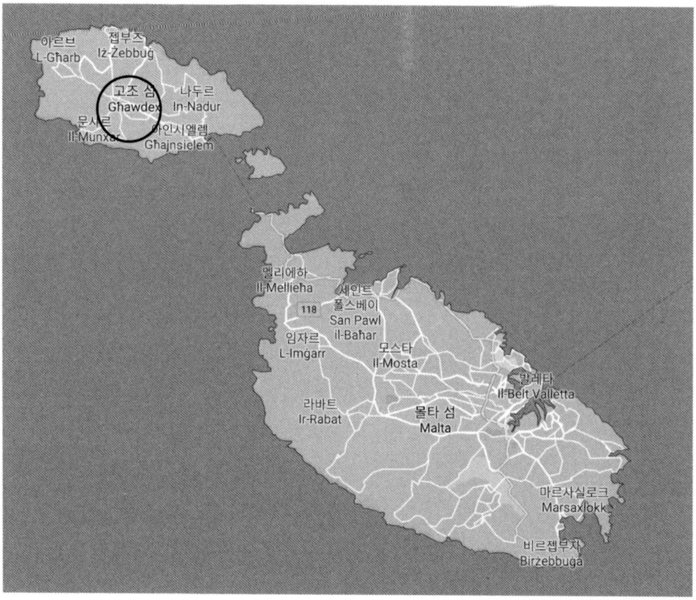

¢ 시타델 (citadel)

- 입장료 : 성인 5 유로 / 학생 및 경로 우대 3.5 유로
- 관람 시간 : 주말 포함 매일, 9시~17시

토끼 고기를 먹다

"페넥 하나, 키니 스피릿 한 잔."

이미 답은 정해져 있었다. '페넥(Fenek)'은 토끼 고기, '키니(Kinnie)'는 탄산음료로 각각 몰타를 대표하는 음식이기에 약간의 망설임도 없이 주문했다. 나는 맛에 둔감한 편이라 여행지의 음식에는 관심이 없는 편이나 '페넥' 만큼은 꼭 맛보고 싶었다. 토끼 고기를 전통 음식으로 손꼽는 나라는 몰타가 처음이었기에 그 맛이 더욱 궁금했다.

이곳은 카페 '코르디나(Coridna)'. 페넥 맛집은 아니지만 1837년에 개장한, 몰타에서 가장 오래된 카페라 하여 찾아왔다. 파라솔이 갖춰진 야외 테이블은 좀처럼 빈 자리가 날 것 같지 않아서 실내로 들어왔다. 실내는 180여 년의 세월이 흐른 만큼 낡은 느낌일 줄 알았는데 그렇지 않았다. 호텔 바(BAR)를 연상케 하는 개방형 주방과 과하지 않은 실내 조명, 박물관에서 본 것 같은 미술품 등 과거와 현대가 결합한 품격이 있었다.

주문 후 20분 정도 지나 감자튀김을 곁들인 페넥과 약간의 알코올이 함유된 키니(Kinnie) 스피릿이 나왔다. 페넥은 마치 후라이드 치킨처럼 생겼다. 맛은 어떨까? 전반적으로 닭고기 맛과 비슷한데 일부는 닭가슴살처럼 퍽퍽하다. 연한 갈색의 소스는 약간 느끼해서 고추장이 절실했다. 요리법은 다양하다고 들었는데, 코르디나 카페의 요리사에게 한국의 양념 반 후라이드 반 요리 법을 알려 주면 좋을 것 같다.

토끼 고기보다도 함께 나온 감자튀김이 더 맛있었다. 겉바속촉은 아니었지만 감자 향기가 나면서 기름지지 않고 고소하다. 감자 튀김에는 맥주가 어울리겠으나 나는 '키니 스피릿'을 마신다. 이를 마

1

2

3

4

1. 2. 카페 코르디나의 내부
3. 토끼 고기 요리 '페넥'
4. 알콜 음료 키니 스피릿

시지 않았다면 온종일 내 뱃속에서 기름기가 배어 나왔을 것 같다. 키니(Kinnie)는 주로 오렌지 껍질로 만드는 음료로 연한 갈색에 약간 달착지근하면서 톡 쏘는 맛이 난다. 유리병, 캔, 플라스틱 병 등 다양한 형태로 출시돼 슈퍼마켓이나 편의점뿐만 아니라 자동판매기에서도 쉽게 살 수 있다.

기대가 크면 실망이 큰 편이라서 그런가? 아니면 몰타의 음식 문화를 잘 몰라서 그런 것일까? 페넥은 우리나라 양념치킨보다 못한 것 같다. 그러나 언젠가 다시 몰타 여행을 할 때, 페넥 맛집에서 한 번 더 먹어 보겠다고 다짐한다. 내가 몰타의 문화를 더 깊이 이해한다면 더욱 맛있게 먹을 수 있을 것 같다.

페넥을 다시 먹어 볼 날은 언제일까?

BURGERS.INK
NEW

누가가 누구?

여행의 시간이 끝나갈 무렵에는 기념품 구매 시간이 다가온다. 나를 위한 기념품은 사지 않는다. 내게는 내가 찍은 사진이 기념품이라서 그렇다. 하지만 직장 동료들에게 선물할 기념품은 꼭 사는데, 가능한 부담 없는 가격대에 여행지를 대표할 수 있는 물품을 찾는다.

나는 발레타에서 이스 수크 탈 벨트(Is-Suq-Tal-Belt)라는 푸드 마켓으로 갔다. 1층에는 푸드 코트, 지하층에는 대형 슈퍼마켓이 있는데, 여기서 점심을 먹고 기념품으로 누가(Nougat)를 사려 한다. 누가(Nougat)는 설탕, 꿀, 견과류를 혼합해 만든 과자로, 몰타에서 만드는 누가는 끈적임이 적고 과히 달지 않아서 간식으로 먹기에 부담이 없다.

이스 수크 탈 벨트 (Is-Suq-Tal-Belt)의 슈퍼마켓은 실내장식이 고급스럽고 공간이 매우 넓다. '누가'가 놓여 있을 만한 매대를 한참 동안 찾아다녔으나 찾지 못해서 직원에게 물어봤다.

"누가 어디에 있나요?"
"Who's 누가?"

'이 직원이 한국어를 할 줄 아나? [누가]라는 한국어를 알아듣고 누가가 누구냐고 묻는 것일까?' 나는 약간 놀랐으나 그가 한국어를 할 줄 모른다고 판단하고는 누가의 생김새를 설명했다.
"초코바처럼 생겼고 땅콩, 아몬드로 만들었고 약간 끈적해요."

"음, 그런 거 여기 없어요."

이렇게 큰 슈퍼마켓에 누가가 없다니, 뭔가 이상하다는 생각이 들어서 'Nougat'를 종이에 적어서 보여줬다.

"Oh, 누~거트! [nu:gət] 저쪽, 잼과 꿀 매대 근처에 있어요."

나는 잠시 멍해졌다. 아무리 내가 [누~거트]가 아니라 [누가]라고 착하게 발음했다고는 하나, 생김새까지 자세히 설명했건만 그걸 알아채지 못하고 없다고 하다니…. 내가 외국인인데 그 정도 발음은 현지인이 이해해줘야 하지 않을까? 창피하기도 하고 짜증도 났다.

고생 끝에 직장 동료들에게 선물할 누거트와 친한 친구에게 줄 작은 잼을 산 후 1층 푸드 코트로 갔다. 푸드 코트에는 세계 각국의 음식을 제공하는 식당들이 많았다. 하지만 몰타의 전통 음식을 한 번이라도 더 먹어보고자 전통 빵 파스티찌(Pastizzi)와 커피를 주문했다.

파스티찌는 몰타인들이 아침 식사로 즐겨 먹는 빵으로 페이스트

IPOSEA
€ 2.89
€ 1.89
€ 3.59
AGROMONTE
MISTO TOAST
€ 3.45
€ 2.87
€ 6.00
€ 7.24
€ 4.95
€ 3.95
€ 2.38
€ 2.38
€ 2.38
€ 1.99
CAPERS!
MELANZANE
€ 6.50
€ 4.50
€ 3.96
€ 2.95
€ 9.50
€ 3.70
€ 4.35
€ 2.38

ASIAN
STREET
FOOD

PASTIZZI
NUTELLA
APPLE &
CINNAMON
PASTIZZI
1.80

MALTESE NOUGAT
- WITH ALMONDS -
VANILLA & CHOCOLATE FLAVOUR
MALTA NOUGAT
SP NOUGAT PINK & WHITE
150G
€ 1.65
€11.00/KG
MALTA NOUGAT
SP NOUGAT MALTESE
150G
€ 1.65
€11.00/KG

이것이 '누~거트'

리 안에 치즈나 잼, 콩이 들어있고 다이아몬드 모양이다. 가격이 저렴한 편으로 카페뿐만 아니라 노점에서도 판매한다. 몰타의 역사와 함께해 온 오래된 음식이라서 그런지 몰타어와도 관련이 깊다. 예를 들면 아주 쉬운 일이나 매우 빨리 처리한 일을 '파스티찌'라고 한다는데, 우리나라에서 '식은 죽 먹기'라고 하는 것과 같은 맥락이다. 대한민국에서 이역만리 떨어진 몰타에서도 음식과 관련된 비슷한 표현이 있다니 재미있다.

나는 시나몬이 뿌려진 파스티찌를 집어 들었다. 알싸한 계피 향이 나면서 겉은 바삭하고 속은 약간 달다. 여기에 커피 한 모금은 기막힌 조합이다.

사랑하는 연인을 가장 빨리 만나는 방법은 두 눈을 감고 그 사람을 생각하는 것이라 들었다. 그렇다면 여행지의 추억을 가장 빨리 되새기는 방법은 무엇일까? 아마도 그곳에서 먹은 맛있는 음식을 떠올리는 것이 아닐는지.

앞으로 몰타를 추억할 때마다

파스티찌가 간절해질 것 같다.

끝이 좋으면 모든 것이 좋다

노천카페가 화려해졌다. 발코니 색은 더욱더 진해졌다. 골목길은 레몬 아닌 오렌지빛이 난다.
그렇다, 나는 지금 발레타의 밤을 즐기고 있다. 발레타에 뜨는 달은 태양보다 힘이 센가?
빛바랜 치마 같던 노천카페의 파라솔은 색동 치마로 갈아입었고, 테두리만 컬러였던 발코니는 창문마저 색을 발하며, 레몬 빛 골목길은 오렌지빛으로 바뀌었다.

태양이 만들어 놓은 것을 달이 바꿔 놓은 것이다.

그동안 나는 왜 발레타의 밤을 모르고 있었을까? 나만의 사진을 촬영하려고 발레타 이곳저곳을 헤매던 시간, 그때 발레타의 밤을 알았더라면 더욱더 멋진 사진을 찍을 수 있었을 텐데. 오래된 연인과 헤어질 때가 이런 마음일까? 어느 가수의 노래와 함께 나의 아쉬움도 멀리 퍼져간다.

'어? 맞다. 레몬색이었네?'

어느 노천카페에서 몰타의 국민 맥주 치스크(CISK) 한 잔을 받아 들고서는 맥주가 '레몬 빛'을 낸다는 것을 처음 알았다는 듯이 놀라워한다. 8일 동안이나 몰타의 레몬과 블루 컬러를 촬영했음에도 맥주 한 잔의 레몬색이 새삼스러운 이유는 이번 몰타 여행의 아쉬움 때문이리라. 별다른 사고 없이 무난하게 보낸 이번 여행, 발레타의 밤은 끝까지 내게 축배를 건넨다.

'끝이 좋으면 모든 것이 좋다.'

에필로그

"글 쓰지 말고 사진만 찍는 건 어때?"

"꼭 글을 쓰고 싶으면 아주 조금만 써. 글은 몇 줄 이상 써야만 스토리를 담을 수 있지만, 사진은 단 한 장에도 많은 스토리를 담을 수 있잖아?" 몰타 공화국 여행기 초고를 읽은 전업 작가 친구의 조언이었다.

몰타 여행을 한 지 2년이 지난 2021년 3월, 나는 몇몇 출판사에 〈레몬 블루 몰타〉의 출판 기획서를 보냈다. 친구의 의견을 무시하고 싶지는 않았으나 그 때문에 나의 꿈을 포기하고 싶지도 않아서, 내 마음의 소리에 따랐다.

여행 책 시장 상황은 안 좋았다. 어느 대형 서점에서는 신간 여행 책을 전시하던 평대 하나를 없앴고, 어느 독립 서점에서는 국내 여행 책만 약간 팔리고 있다고 했다. 코로나 바이러스로 해외여행 수요가 급감하자 여행 책 또한 된서리를 맞은 것이다. '이참에 아예 글쓰기를 포기할까? 30곳 이상의 출판사에 기획안을 보내도 하나 선택될까 말까라고 하는데…' 친구의 조언이 다시 생각났다. 나의 마음은 글쓰기 자체를 포기하는 쪽으로 기울어 갔다.

"안녕하세요? 〈행복우물〉입니다."

기적이 일어났다!!! 어느 날 갑자기 내가 가장 기대하고 있던 출판사에서 연락이 온 것이다. 최연 편집장과의 인연은 이렇게 시작되었다. 글을 쓰지 말라는 친구의 조언은 쓰기만 했으나, 글쓰기 훈련을 시키는 편집장의 조언은 '달콤 쌉싸름'했다. 양약고구(良藥苦口)라는 말은 내게는 해당하지 않았다. 여러 번 이어진 편집장과의 만남은 내게 부끄러움을 안겨줬다. 그제야 친구가 왜 글 쓰지 말라고 했는지 나름 이해할 수 있었는데, 그렇다고 해서 친구의 말을 따르기는 여전히 싫었다.

다독(多讀), 다작(多作), 다상량(多商量)이라 했던가? 한동안 다독(多讀)과 다상량(多商量)으로 다독여지던 수업에 어느 날부터 다작(多作)이 포함됐다. 나의 초고를 무시하고 모두(多) 새로 써야(作) 했기에 다작(多作)이 될 수밖에 없었다.

우여곡절 끝에 쓰인 〈레몬 블루 몰타〉가 태어나면, 나의 부끄러움은 조금이라도 줄어들어 있을지, 친구를 찾아가서 당당하게 책을 보여줄 수 있을지, 아직도 확신하지 못하겠다.

부끄럽고 또 부끄러운 글과 사진을 선보여 마음이 무겁지만, 몰타의 레몬과 블루 빛이 많은 이들의 여행 감성을 일으켜 주기를 기원하며, 친구도 포기한 글을 살려준 최연 편집장님과 나를 믿어주시는 부모님, 친지, 선후배, 친구들께 깊은 감사를 드린다.

2021년 여름, 다음 여행을 꿈꾸며

김우진

CCTV

래몬 블루 몰타

초판 1쇄 발행 2021년 08월 10일
2쇄 발행 2021년 12월 24일

지은이 김우진
펴낸이 최대석
편집 최연, 이선아
디자인1 이수연
디자인2 박정현, FC LABS

펴낸곳 행복우물
등록번호 제307-2007-14호
등록일 2006년 10월 27일
주소 경기도 가평군 가평읍 경반안로 115
전화 031)581-0491
팩스 031)581-0492
홈페이지 www.happypress.co.kr
이메일 contents@happypress.co.kr
ISBN 979-11-91384-10-9 03800
정가 16,500원

이 책의 국립중앙도서관 출판예정도서목록(CIP)은
서지정보유통시스템 홈페이지(http://seoji.nl.go.kr)와
국가자료공동목록시스템(http://nl.go.kr/kolisnet)에서
이용하실 수 있습니다.

ARRIVALS
HIS MASTER'S
CINEMA BAR

꾸준히 사랑받는

연시리즈 에세이

1. 옷을 입었으나 갈 곳이 없다 _ 이제
2. 아날로그를 그리다_ 유림
3. 여백을 채우는 사랑_ 윤소희
4. 슬픔이 너에게 닿지 않게 _ 영민
5. 당신의 어제가 나의 오늘을 만들고 _ 김보민
6. 너의 아픔, 나의 슬픔 _ 양성관
7. 오늘도 아이와 함께 출근합니다 _ 장새라

여행 에세이 시리즈

1. 겁없이 살아 본 미국 _ 박민경
2. 삶의 쉼표가 필요할 때 _ 꼬맹이여행자
3. 아날로그를 그리다 _ 유림
4. 낙타의 관절은 두 번 꺾인다 _ 에피
5. 길은 여전히 꿈을 꾼다 _ 정수현
6. 내 인생의 거품을 위하여 _ 이승예
7. 길을 가려거든 길이 되어라 _ 김기홍
8. 레몬 블루 몰타 _ 김우진

콜렉션

+ + +

"손가락 사이로 미끄러지는 빛은 우리의 마음을 헤쳐 놓기에 충분했고, 하얗게 비치는 당신의 눈을 보며 나는, 얼룩같은 다짐을 했었다"
_ 이제, 〈옷을 입었으나 갈 곳이 없다〉 일부

"곁에 머물던 아름다움을 모두 잊어버리면서 까지 나는 아픔만 붙잡고 있었다. 사랑이라서 그렇다."
_ 금나래, 〈사랑이라서 그렇다〉 일부

"'사랑'을 입에 담지 말 것. 그리고 문장 밖으로 나오지 말 것."
_ 윤소희, 〈여백을 채우는 사랑〉 일부

"구름 없이 파란 하늘, 어제 목욕한 강아지, 커피잔에 남은 얼룩, 정확하게 반으로 자른 두부의 단면, 그저 늘어놓았을 뿐인데, 걸음마다 꽃이 피었다."
_ 에피, 〈낙타의 관절은 두 번 꺾인다〉 일부

+ + +

행복우물출판사 도서 안내

● NEW & HOT

○ 사랑이라서 그렇다 / 금나래

"내어주는 것은 사랑한다는 말, 너를 내 안에 담고 있다는 말이다"
2017 Asia Contemporary Art Show Hong Kong,
2016 컬쳐프로젝트 탐앤탐스 등에서 사랑받아온 금나래 작가의 신작

○ 여백을 채우는 사랑 / 윤소희

"여백을 남기고, 또 그 여백을 채우는 사랑. 그 사랑과 함께라면
빈틈 많은 나 자신도 온전히 좋아하며 살아갈 수 있을 것 같다."
'채우고 싶은 마음과 비우고 싶은 마음'을 담은 사랑의 언어들

● BOOK LIST

○ 음식에서 삶을 짓다 / 윤현희 ○ 삶의 쉼표가 필요할 때 / 꼬맹이여행자 ○ 벌거벗은 겨울나무 / 김애라 ○ 청춘서간 / 이경교 ○ 가짜세상 가짜 뉴스 / 유성식 ○ 야 너도 대표 될 수 있어 / 박석훈 외 ○ 아날로그를 그리다 / 유림 ○ 자본의 방식 / 유기선 ○ 겁없이 살아 본 미국 / 박민경 ○ 한 권으로 백 권 읽기 / 다니엘 최 ○ 흉부외과 의사는 고독한 예술가다 / 김응수 ○ 나는 조선의 처녀다 / 다니엘 최 ○ 하나님의 선물 — 성탄의 기쁨 / 김호식, 김창주 ○ 해외투자 전문가 따라하기 / 황우성 외 ○ 꿈, 땀, 힘 / 박인규 ○ 바람과 술래잡기하는 아이들 / 류현주 외 ○ 어서와 주식투자는 처음이지 / 김태경 외 ○ 신의 속삭임 / 하용성 ○ 바디 밸런스 / 윤홍일 외 ○ 일은 삶이다 / 임영호 ○ 일본의 침략근성 / 이승만 ○ 뇌의 혁명 / 김일식 ○ 멀어질 때 빛나는: 인도에서 / 유림